岁月墨痕

SUIYUEMOHEN

蓦然回首 岁月静好

白德华 著

陕西新华出版

太白文艺出版社·西安

图书在版编目（CIP）数据

岁月墨痕 / 白德华著. -- 西安 ： 太白文艺出版社，
2024.1

ISBN 978-7-5513-2493-9

Ⅰ．①岁… Ⅱ．①白… Ⅲ．①散文集－中国－当代
Ⅳ．①I267

中国国家版本馆CIP数据核字(2023)第188384号

岁月墨痕
SUIYUE MOHEN

作　　者　白德华
责任编辑　靳　嫦
封面设计　王　洋
版式设计　建明文化
出版发行　太白文艺出版社
经　　销　新华书店
印　　刷　西安市建明工贸有限责任公司
开　　本　787mm×1092mm　1/16
字　　数　190千字
印　　张　13.25
版　　次　2024年1月第1版
印　　次　2024年1月第1次印刷
书　　号　ISBN 978-7-5513-2493-9
定　　价　69.00元

《岁月墨痕》序

　　我和白德华的认识源于他的影视作品，多年的交往中，他给我留下的印象是非常的自律，很会独处，努力勤奋，写作、编剧、拍戏之余，经常骑着"二八"自行车东游西跑，到田间地头，到百姓人家，到山水之间，把自己完全交给大自然，尽情地接受大自然的洗礼。白德华上初中时就发表过文章，后来参军入伍，在火热的军营做宣传干事，后来就读于西北大学，之后又被送往北京影视学院编导专业深造，文字功夫愈发深厚。他转业到地方后，先后在报社、电视台工作，多年来，在国家级、省市级刊物发表小说、散文、报告文学六百余篇，出版了自己的小说集，拍摄公益电影数部。概而言之，白德华是一个复合型人才。

　　阅读白德华的散文集《岁月墨痕》，让我真切感觉到，一个作家用笔墨记录岁月往事的确是一件幸福的事情，同时也使笔者再次意识到，白德华将虔敬、深挚、热情的笔墨给岁月经典故事画上了深深的痕迹。《岁月墨痕》一书收录了白德华几年来创作的六十篇叙事散文，质朴无华的文字像聊天一样，勾画出了六十个鲜明的故事，这里面有作者的人生履痕，有对乡情的怀恋，有对生活的感悟，有对亲情的展现。作者取材于身边的故事，用清纯的文笔，叙说着岁月经典的记忆，文章没有矫揉造作、哗众取宠、无病呻吟之弊，而是自然、率真、朴实地表达心中积存的人和事，有一种平淡的美。如书中的散文《岁月墨痕》《人到中年》《百年人生》叙述了人生岁月的美好和不易。又如散文《听闻远方有你》《遇见》叙述了作者励志、婉拒忘年恋的故事，散文《种地》《拉水》《收麦子》《石头馍》《外婆桥》《过年》等叙述了 20 世纪六七十年代里，人们的生活、爱情、亲情故事，散文《死胡同》《有伤疤的女人》等叙述了当今年轻人的生活、爱情故事。再如散文《我的父亲母亲》《看里面·看外面》《陪着父母转大圈》等叙述了励志、敬亲孝道的故事……白德华的散文文字温和婉约，朴实厚重。《岁月墨痕》一书让过往岁月那些或甜蜜或忧伤的往事汩汩流出，涉及人类最本质的血缘亲情，读后让人动容。这些文字中作者扮演的正是现实生活中的角色，让人读着读着，爱不释手，有种强烈的身临其境之感；让人在优美的文字中体验岁月的种种生活场景，发现感悟岁月的美好和幸福。散文体的特性是形散而神不散，不拘格套，信手信腕，唯求精神的诚实与情感的率真，这也是学界公认的标准。从这个意义上来讲，白德华的写作迎合了散文的本质。

春风和煦，山川绿染，杨柳吐絮，桃李萌发，处处充满生机，白德华的散文集《岁月墨痕》一书结集诞生于斯，值得期待和阅读！

是为序。

全国劳动模范　任永敏

2023 年 3 月

前　言

　　我是一个爱怀旧、爱思考的人，非常热爱生活，热爱大自然，喜欢独处。创作之余，我会经常到深山老林、田间地头，去领略大自然的美，去和父老乡亲拉家常，每次的活动都会让我受益颇多、感悟颇多。

　　时光在流逝，岁月在沉淀。步入中年的我和大家一样，品尝着岁月中点点滴滴的酸甜苦辣，渐渐地对生活有了更多的思考和领悟，这些总能唤起我对岁月往事的回忆，无论尘封多久，那人、那情、那景、那事，都在渐渐遗忘中重新拾起，让我思绪纷飞，感慨万千。于是，我便开始写作，把自己烟火岁月的往事和生活感悟，用笔墨留下痕迹，用"形散神聚"的叙事散文来表达抒发内心的岁月情怀。

　　我走上文学道路，不仅仅是因为热爱，更多的是，想给自己的烟火岁月留下记忆，把那些没被人们发现和记起的岁月往事写出来。

　　我在书稿的写作中，谨记"认真筛选岁月经典故事，写出男女老少都爱看的散文"之初心，以"一篇散文一故事"的方式，采用原生态叙事性的手法进行创作，经过两年多的时间，《岁月墨痕》的书稿终于创作完成。《岁月墨痕》一书收录了我创作的六十篇叙事散文，书中的散文具有鲜明的故事感、年代感、现实感、趣味感、抒情感，有儿童爱看的童话散文，有学生爱看的青涩散文，有青年人爱看的情感散文，有中年人爱看的怀旧散文，有老年人爱看的忆昔散文。

《岁月墨痕》全书充满对人间烟火中乡情、人情、爱情的理解和感悟，文字质朴无华，像与朋友聊天一样，渗透出六十个鲜明的故事，满足了不同年龄段朋友碎片化阅读的需求。

白德华

2023 年 3 月

目录

CONTENTS

岁月墨痕

人们常常形容岁月无痕，流水而逝，带走的不仅仅是欢乐和愁苦，还有那已经不复存在的青春年华。人生百年，每个人都有自己的生活和生存的方式，都有着自己的追求和梦想，结果有幸福的、有遗憾的、有痛苦的、有悲伤的……

我一晃就步入了中年，总以为自己还年轻，看到大学毕业就要参加工作的儿女，高兴的同时，心里想，这么快呀，儿女都二十多岁了。

我很庆幸，我一直做着自己喜欢的事情。

我儿时的那个年代，农村没有幼儿园，父亲是村小学的一位民办教师，会经常把我带到学校里去，我不认识的老师都会换着法子逗我，教我认字、写字。印象最深的一件事，是一位大高个体育老师嘴里喊着"一二一"，训练我走路，还把我给逗哭了。

我母亲十几岁就当上了戏曲演员，在剧团里还是台柱子，在豫剧《朝阳沟》《红灯记》里演的都是主角。母亲和父亲结婚后就不再唱戏了，当上了我们村的妇女主任。母亲的脾气不太好，但非常讲道理、非常孝顺，手也很巧，村上的人会经常到我家找母亲做衣服、剪花、做小孩穿的虎头鞋。

我7岁到了上学的年龄，母亲把家里五颜六色的布头翻出来，在煤油灯下一针一线地给我缝制花布书包，做新衣服。我躺在被窝里，看着灯下做针线活的母亲，煤油灯微弱的灯光照在母亲清秀的脸上，母亲一双大而黑的丹凤眼特别漂亮，手中的针线来回飞舞。煤油灯不太亮的时候，母亲用手里的钢针拨几下灯芯，屋里顿时亮了一些，我看着看着，打着哈欠，就呼呼地睡着了。

母亲缝制的花布书包一直陪伴我到小学毕业。小学上了五年，我的学习成绩一直是名列前茅，铅笔字、钢笔字写得也漂亮，每次作文课堂，语文老师都要点评我的作文，并在全班传阅。那时候家里穷，没有电视机，只有一台小小的收音机，放学回家，我写完作业就打开广播，听中央人民广播电台的节目《小喇叭》，记忆最深的就是听孙敬修爷爷讲《西游记》的故事，听电影录音剪辑，我坐在收音机旁，听得如痴如醉。父亲给我买的儿童读物《向阳花》，我是看了又看。

我会经常坐在院子里发呆、发愣，心里会来回地想广播里的故事和生活中一些有意思的事情，想这些故事的来龙去脉、前因后果，这些爱观察生活、思考生活的爱好，让我潜移默化地养成了每天写日记的习惯。

中学几年，我的数理化成绩很差，每次考试都是刚及格，甚至是不及格，但语文成绩特别好。那时候我就想，考大学不是唯一的出路，我如果考不上大学，就坚持努力写作，将来要成为一名作家。

我课余时间还要负责创办校园黑板报，加班加点写文章投稿。初二的时候，班主任李老师带我参加了县初中生作文竞赛，我写的一篇《改革春风到我家》获得了特等奖，随后我又参加了全市中学生作文竞赛，我写的一篇散文《我赞美根》获得了全市第一名。这些荣誉的取得，让我的名气在学校传开了，有很多同学表示要向我学习写作技巧，还有几个女生买来日记本让我写格言。

我拿省下来的生活费买些散文、小说阅读，终于有一天，我写的散文《蜜蜂》发表在《中学生学习报》上，看着自己写的文章变成铅字，心里兴奋了好些日子。

以后的日子里，我不断地写，不断地向各类刊物投稿，陆陆续续发表了议论文《班门弄斧》、记叙文《神仙不灵了》等六七篇文章。

　　我高考落榜了，父母想让我再回校复读，我没有答应，耐心说服了父母，说自己要走自己想走的路，说自己喜欢唱歌、喜欢写作，只要努力了，一定会过上自己想要的生活。不知道父母是宠我还是尊重我，他们没有再说什么。

　　我找上一身旧衣服，跟着村里的大人到村子附近的煤矿去干活。我瘦弱的身体在地下几百米的矿井里走来走去，拿着铁锨把煤一锨一锨地铲到溜子的皮带上。我是个老实人，不会偷懒，累得腰酸腿疼，手上磨出了泡。记得煤矿上班的第一天下班回到家里，累得我吃着饭就睡着了，母亲流着泪劝我不要再去煤矿上班了，我笑着说没事。我心里明白，坚持，一定要坚持住，想干自己喜欢的事是不容易实现的，等下煤窑挣了钱，就可以做自己喜欢的事了。

　　煤矿被叫停了，老家村里兴起了装车热潮，县城和外地的车来我们村拉石子，那时候没有铲车，只有靠人工装车，一天平均能挣几块钱，于是我又加入了村里的装车队伍。村里的男女老少拿着铁锨坐在路两边，货车一过来，都争先上车，说笑着、颠簸着向石子厂开去。人多力量大，不一会儿就装满一辆车，一个人分上个块儿八角的。

　　一天，我看到同村的琳琳也拿着铁锨来装车，和她打招呼，她说她不上学了，没事就出来装车打发时光。琳琳五六岁的时候在村上玩耍，不小心掉进了氨水库里，是我爷爷冒着生命危险救了她，为了报恩，琳琳的父母就让她认我母亲为干娘。琳琳比我小三岁，如今长得已经是亭亭玉立了，白皙的脸蛋，一双杏仁眼睛很是漂亮。

　　装车的时候，我有意无意地和琳琳挤在一起，没多长时间，我发现，我已经喜欢上了琳琳，琳琳平时也爱和我说话。晚上睡觉的时候，我满脑子想的都是琳琳。

　　有时候，我和琳琳一南一北坐在路两边，我会一直盯着琳琳看。琳琳和我对视了一下，就满脸通红地低下头。

　　我晚上翻来覆去睡不着觉，坐起来给琳琳写了一封表白信，天亮到村代销店买了一条手帕，用手帕包好信纸，站在代销店等着琳琳过来。因为，装车的村民吃过饭都会先到村代销店转一圈，坐一会儿，像是现在的打卡签到一样。

琳琳终于来了，看到我看着她，脸一红似乎要出去。代销店只有店主正在摆放货物，我叫住琳琳，有些紧张地轻声说："琳琳，你吃过饭了。"琳琳应着我的话，我拿着手帕晃动了一下，示意她拿着。

琳琳愣了一下，伸手接过手帕就出去了，我终于松了一口气。我对琳琳的表白信终于给她了，琳琳看后会咋想呢？她喜欢我吗？

过了两天，在代销店里我收到了琳琳的字条，我拿着字条回到家里关上门，打开字条，琳琳娟秀的字迹映入我的眼帘。琳琳回信说："我也很喜欢你，愿你心中的理想早日实现，我会等你的。"

我看了好多遍琳琳写给我的信，心里乐开了花。

天黑了，我和琳琳一起散步，坐在村外的水坝边说着我们的理想。每次的约会都令我和琳琳兴奋不已。

一天中午，家里只有我在，琳琳来找我。我仔细看着琳琳给我手工纳的两双鞋垫，一双是红底绣着两只栩栩如生的黄色鸳鸯，鸳鸯游在碧绿的水波中；一双是红底上绣着金黄色的"前程似锦""吉祥如意"。我看了好一会儿。琳琳轻声地说："我不太会，纳了好几天。"

我说你纳的鞋垫太好看了，然后握起琳琳的手，看着琳琳，琳琳抬头看着我，屋里静得能听到我俩的呼吸声。我一把抱住琳琳，第一次亲吻了琳琳。琳琳闭着眼睛，急促地喘着气，白皙的脸蛋泛起红晕。我的手轻轻地抚摸着琳琳的柳叶眉毛、好看的脸蛋、黑黑的秀发……

又过了半年，我报名参了军。走那天，父母和琳琳送我到火车站。琳琳的双眼有些红肿，我心疼地拉着琳琳的手说："别哭了，小傻瓜，我到了部队会给你天天写信的，照顾好自己，在家等着我。"

琳琳告诉我，她不能没有我，要我到部队好好当兵，多保重自己，她在家里等着我娶她。

告别了父母和琳琳，我带着梦想坐上了绿皮火车，一路向北。

部队的生活团结紧张、严肃活泼，直线、方块、军事训练和政治学习是军人的日常。新兵训练结束后，我放弃了去部队文工团唱歌的机会，被调到连部当文书，写材料、办连队黑板报，没过多久，又被调到团政治处新闻报道组，负责全团的新闻报道。我组织创办了《军营绿花》内部刊物，整天背着照相机、带着笔和本到各营、各连队进行采访写稿。

一年后，我被部队送到了当地日报社学习。我晚上打地铺睡在办公室，一天吃两顿饭，把省下的钱买了名人散文集和小说集，白天骑自行车跟着报社的老师去采访，回来就伏案写稿子。那时候没有电脑，报社都是手写稿，写完稿子送给编辑老师修改。刘老师用红笔圈圈点点，有些地方添了文字。我把改过的稿子抄写一遍，送到制版室进行排版，抄稿让我的写作水平提高得很快。

远在家乡的琳琳把装车挣的钱夹在信里寄给我，说怕我吃不饱，想吃啥就买，还给我寄了几本文学书籍让我看。

我买了一件裙子寄给琳琳，琳琳穿着到镇照相馆照了两张照片寄给我。我打量着照片上的琳琳，她更漂亮了，一双会说话的眼睛像在告诉我，她很想念我、很爱我。照片的背面写了两行娟秀的钢笔字：我想你，我爱你，我等着你回来娶我。

琳琳信里告诉我，她在村里办了一个小百货店，还报考了自学考试，我为琳琳感到高兴。

我在创作中对散文、小说、议论文、长篇通讯等各种文体进行了摸底。我挤出时间写作并向各类刊物投稿，一年多的时间，就在各大刊物发表了三百多篇文章，荣立部队三等功一次，我把军功章的照片寄给了父母和琳琳。

报社学习结束后，我又到地方电视台进行编导、摄像的学习。半年的学习，让我掌握了拍摄专题片、纪录片的基本知识，拍摄的MV短片得到了电视台领导的高度认可。

在外学习结束了，告别了实习单位的老师，我回到了部队。一年后，我被部队提干了，在祝福声中，我和琳琳终于结婚了。结婚后，琳琳在军人服务社上班，我依然在工作之余进行创作。后来有电脑了，琳琳没日没夜地学会了五笔打字，为的是给我校对稿子，当好我创作的助手。

我们的一对龙凤胎儿女降生了，家里热闹了很多。岁月的流逝，我和妻子由懵懂的少年夫妻渐渐变成了中年夫妇，一双儿女转眼间成长为上学的小学童。

服从命令，我要转业回家乡了。我感恩我们的部队，是部队这座大熔炉铸就了我的军魂和思想，是部队让我学到了丰富的知识，是部队成就了我的梦想。不管被安排到哪个工作岗位，我都会严于律己，尽心尽力地干好自己的本职工作。

从部队转业回到地方后，我放弃了进日报社当干部的机会，选择了自己创业，成立了一家影视传媒公司，我平时专注写作、编剧本，拍摄影视作品，琳琳打理家务，照顾两个孩子上学。老家不管是谁来找我办事，琳琳都会跑里跑外、热心地帮助他们，给他们做好吃的，用她的话说，做人不能忘本，要善良。

生活嘛，就是在矛盾中度过的，我和琳琳有时候也会闹别扭、冷战。我的脾气不是一般的倔。每次我俩闹别扭，琳琳都会主动找我和解，小鸟依人地坐到我的身边，搂着我的胳膊，温柔地说道："别倔了，我知道，你的压力大，咱俩不要再冷战了，让咱的儿女知道了多不好呀。你呀，哪儿都好，就是脾气太倔，改不了了。"

我搂过琳琳笑着说："我比你大几岁，还没有你肚量大，你让我这老脸往哪儿搁呀。"

我庆幸有琳琳这样的好妻子，生活中是她护我周全，让我静心搞创作、开公司。几年下来，我发表文章上千篇，出版了自己的几本书，根据自己的原著小说改编拍摄了几部影视剧。这些成绩和荣誉的取得，一半是我努力的结果，一半是我妻子琳琳辛苦付出的结果。

　　无情岁月催人老，朝如青丝暮白头。岁月如梭，指间太宽，时间太瘦，转眼间，儿女都结婚成了家，我的头发白了许多。我知道，我在慢慢变老，于是索性把我经营了多年的公司交给儿女们去打理。

　　我和妻子琳琳回到了农村老家，住着两层的小别墅，院子里种满了各种蔬菜和鲜花，夫妻俩白天一起运动锻炼，到菜地除草、浇水，一起到邻居家串门、拉家常，一起搞朋友聚会，生活得充实、惬意。

　　灵感来了，我就会坐在书房，喝着妻子泡的红茶，提笔挥洒生命的美好与领悟。一纸笔墨，笔落字现，键盘鼠标，文章成形，每一个文字都是我内心真挚的情感，每一段优雅的文章都是一段不为人知的故事。我提笔而叹，岁月的无情带走了很多，却沉淀了我对墨香的偏爱，只要活着，我就要执笔红尘，淡看红尘，言说红尘，以创作为伴，淡然笑看岁月的流逝，用墨香留住岁月的美好。

人到中年

一次工作中，集团老总当着众人的面骂了我。虽然明明不是我的责任，但我没有解释和辩驳，在老总的呵斥下，咬着牙干完了工作，回到自己的宿舍关上门。还没坐稳，两行泪水不由人地流了出来，是很委屈吗？是怕失业吗？是没面子吗？自己也说不清楚，也不想说清楚，躺到床上，任凭泪水滑落在脸上。

有人敲门，一看是我的女儿，我赶紧擦着脸上的泪水，掩饰着说眼睛里进了东西。问女儿怎么来了，女儿手里提着一大块蛋糕说："爸，今天是您50岁的生日，我放学过来接您一起回家，给您过生日，我们回家吧。"

我有些哽咽地说："好女儿，走，回家，我们回家过生日。"

上初中的女儿在厨房里忙活着做饭，我要搭把手，她不让，说平时都是我做饭，过生日就要啥都不干。

我看着客厅条桌上妻子的遗像，心里百感交集，真想大哭一场，今天是我的生日，女儿给我做饭过生日，不能哭，一定不能哭！

女儿累得满头大汗，做了六个我爱吃的菜。我把湿毛巾递给女儿擦擦汗，又把空调调到最低温度。

女儿点上蜡烛说："爸，生日快乐，您赶快许个愿吧。"

我闭上眼睛许过心愿，和女儿一起吹蜡烛、吃蛋糕。吃着女儿做的菜，感觉特别的可口。我吃了很多菜，喝了几杯酒，吃完饭和女儿说了会儿话，心里暖暖的。

　　女儿回房间休息了，我坐在客厅沙发上发愣。转眼间，自己都五十岁开外了，小时候听大人说谁谁五十岁了，我就会想，都这么大岁数了呀，岁月是无情的，想起我有两个战友因为突发疾病都走了，不知道怎么了，我心里是有些排斥"五十"这个数字的。电话响了，我接起电话，是母亲打来的，我的心一下子紧张起来，忙问道："妈，怎么了？这么晚了，您还没休息啊。我父亲呢？你们身体都好吧。"

　　母亲电话里问我，今天是我的生日，吃煮鸡蛋和长寿面了没有，还说我买的衣服她收到了，她和父亲都很好，让我放心，让把她和父亲发给我的生日红包赶快收了。

　　我听着电话，鼻子一酸，眼泪流了出来。我告诉母亲，过些天就回老家看看。母亲电话里还说，让我遇见合适的就再续个伴儿，年纪越来越大，没有一个人照顾不行。

　　明月悬空，我独坐书房毫无睡意，索性拿起毛笔写下"人到中年岁至秋"几个字。人生百年，"五十"是人生的对折线，也是知天命之年。

　　回想起我的大半生，酸甜苦辣的情景一幕幕浮现在我的眼前。

　　我出生在20世纪70年代，虽说那时的生活有些艰难，可我的童年是幸福的。父亲是村民办教师，母亲和我父亲结婚后，就不在乡豫剧团唱戏了，当了村妇女主任。

　　智慧的父亲和勤劳的母亲，靠着辛苦劳作养育我们兄妹几个，他们趁着空闲去山上砍荆条编成耙子卖钱、装石子车挣钱、掐麦条辫卖钱来贴补家用，让我们吃饱穿暖。

　　小时候，我不觉得家里有多难，因为父母会扛着这一切，我只是"衣来伸手，饭来张口"。

　　无意中看到父母皱眉头，想必是两人吵架了。父亲一个人坐在树下抽旱烟片，唉声叹气，母亲一个人在屋里偷偷流泪，我会去劝他们，可我还是觉得父母是无所不能的。

后来我当兵几年，转业后参加了工作，结婚成了家，越来越懂得父母当年的难处和无助。

女儿就要上初中的时候，爱人因车祸离开了我们，既当爹又当娘的担子没有压垮我，女儿学习成绩很好，也非常懂事。

上班的集团里，我主要负责影视项目部的工作，有一个叫燕玲的姑娘大学毕业后到了我们部门，主要负责统筹、策划工作。工作接触中，我了解到燕玲的思维、思想与同龄人不同，她执行力强，工作细心精致，人长得也漂亮，面对不少小伙子的追求，她都没回应。

一天快下晚班的时候，燕玲敲我办公室的门进屋，把方案递给我，说："白老师，您看哪儿不合适了给我说，我再改。"

我点着头说："你做的方案问题都不大，辛苦你了。"

正要出门的燕玲又转身回来，我问道："你还有其他事？"

燕玲的脸红了，把一个信封递给我说："这个您回家看看。"

我回到家里，打开信封，一行行娟秀的钢笔字映入眼帘，是一封情真意切的信。燕玲在信里说，她看了我出版的几本书和影视作品，觉得受益颇多，说我是个性情中人，我个人的情况她也知道一些，提出要与我交往相处。

我把燕玲的信看了好几遍，没想到我步入中年了，还会被年轻漂亮的姑娘喜欢，我陶醉了好一会儿，甚至心里还想到了我和燕玲一起相处生活的场景画面。

我不是老板，不是富豪，不是名人，只是个上班族，一个拖家带口的中年男人，燕玲一个年轻漂亮、二十多岁的姑娘喜欢我什么呢？

记得我看过一篇文章，是关于中年男人要远离二十多岁女孩的话题。我坐起来打开电脑，搜索到这篇文章，看了好几遍。

星期天，我和燕玲在海边散步，两人沉默着，谁也不开口说话。

走了好一会儿，我们坐在海边，看着一望无际的大海。海涛显得如此的平静。

我终于开了口："燕玲，你信任我，我很感激你，也很理解你。你比我的女儿大不了几岁，以后你就叫我叔叔吧，你以后会很幸福的，你事业心强，人又勤奋……"

燕玲站起身看着我问道："我喜欢你有错吗？是年龄的问题吗？我不在乎，我只知道我喜欢你就够了，你有才华有担当，我为什么就不能喜欢你了？"

我依然摇着头，表示我绝不会和燕玲交往相处的，燕玲哭着走开了。看着燕玲渐去渐远的背影，我的心也跟着飘走了。我一个人坐在海边，放眼望着无边的大海，奢望着大海能带走我所有的烦恼和忧伤。

半年后，燕玲调到了集团其他公司，我俩除了节假日象征性地相互问候，渐渐地也就没什么交往了。

女儿有时候也劝我找个伴儿，我苦笑着点点头。

我一个人独处养成了习惯，上班之余，就会窝在家里搞写作，累了就听歌、听家乡戏，散散步、骑骑车。

我有时候还是会倍感孤独，毕竟是个凡人，怎么会没七情没欲望呢？欲望来得快去得也快，总觉得到了中年应该做些事情，把年轻时候荒废的时光给补回来，用心做自己喜欢的事，也就打消了各种欲望的萌动。渐渐地觉得，自己的交际圈几乎没有了，年轻时候去酒吧、KTV、泡澡、聚会聊天的习惯一下子没了踪影。上班、做家务、写作、照顾女儿成了我生活的轨迹，有时候觉得自己和社会都有些脱节了，有时候还会为自己的自律、独处给自己点赞。

一年前，我口渴、视力模糊，直觉告诉我，该去医院体检了。开车到了医院，经过检查，医生让我住院，说我的血糖有点高，需要调理，我心里知道，自己是得了难缠的富贵病，情绪低落到了极点。躺在病床上，我后悔熬夜、不锻炼、抽烟、生活不规律这些坏习惯毁了我的身体，可后悔有啥用呢。

我找到医生说，凡是身体能检查的项目，都给我做一遍。医生点着头，说我应该要有保健意识，毕竟到了中年了。是啊，我是不太年轻了。

晚上，我坐在医院的步梯处，打电话给妹妹说了自己的病情，说着说着，我俩都哭了。妹妹电话里说，我一个人带着孩子，离家千里，没人照顾我，身体咋会不生病？一个劲地说让我找个伴儿。我嘱咐妹妹，不要把我生病的事告诉年迈的父母，怕二老为我担心。

刚挂掉妹妹的电话，战友刘杰微信语音告诉我，我们当兵时一个连的战友去世了，我沉默了一会儿说："怎么这么突然，一个月前咱们还在一起吃饭。"

刘杰告诉我，战友突发脑出血，没等送到医院就不行了。我给刘杰转了一些钱，说我有事过不去，让他转交给去世战友的家属。

我一屁股坐在楼梯上，没有听医生的话，点燃一支烟吸了起来。

住了十几天的医院，终究还是没有瞒住女儿。女儿哭着说平时没有关心我，让我生了病，我安慰女儿要安心学习，自己会注意身体的。

我每天都要抽时间去散步、骑自行车进行锻炼，生活作息也慢慢地规律起来，身体恢复得还不错。心里产生了找个老伴的欲望，可我又去哪里能找到呢？说心里话，我也不想再踏入花前月下的场景里了，也不想什么梅开二度了。

命中有时终须有，命中无时莫强求。人生命运天注定，该是你的，早晚都会属于你，不该是你的，即使付出再多，再怎么去强求，你还是得不到。我相信缘分，就把我后半生的缘分交给上天月老来安排吧。

人到中年，知天命的年龄，顺天命的年龄，尴尬的年龄，多事的年龄……最苦最累的是心累，可是，又有谁不累呢？

步入中年的我，不会向生活妥协，迷茫的时候就多读书，焦虑的时候就多运动，独处的时候就多蓄力，不辜负属于自己的每一天。

听闻远方有你

我是70后，高考落榜后到部队当了几年兵，退伍回到地方被分到了日报社工作。多年努力创作，发表了很多文章，还出版了几本书。

不甘心平庸的我有些膨胀了，辞职创办了一家影视公司。不太适合创业的我，因为一次项目的投资失利，赔光了我所有的积蓄，还欠了一屁股债，妻子带着怨气离开了我，重重的打击，让我彻底倒下了。

短暂的落魄、沉沦让我认清了自己的长短，在父母的鼓励下，我背井离乡来到外地创业。在家千日好，出门一日难，为了生存，我头顶烈日，冒着酷暑发传单、下苦力、找工作、搞创作，一块钱的韭菜吃两天，一天吃两顿饭，这样的日子持续了很长时间，总算是在异乡坚强地生存了下来。

我成立了自己的文字创作工作室，挣的钱陆续还了一些外债。

我的又一本新书终于出版发行了，在新书的新闻发布会上，我遇到了一位姑娘叫晓娜，是名大学生，长得小巧玲珑，扎着丸子头，一双会说话的大眼睛特别好看。她买了我的几本新书，我一一给她签了名。

晓娜给我发信息说，想星期天过来找我聊聊，我爽快地答应了。我的工作室平时是很冷清的，也是很少有人问津的。

天刚亮，我把工作室打扫了一遍，到超市买了一些水果，到了我们约好的时间，晓娜和她的一个女同学一起过来了，手里提着一兜水果。晓娜学的是编导专业，平时会写些文章和剧本，她说看了我的书受益很多，夸我的文笔朴实无华，看我的书就像与朋友聊天一样轻松自然，以后要多请教我，我们聊得很愉快。晓娜临走的时候告诉我，她和妈妈两个人一起生活，她妈妈开了一个水果超市，说以后我吃的水果她全包了。我被晓娜说的话给逗笑了。

晓娜大学最后一年实习期，到我的身边做助手，帮助我校对书稿，对接出版社。相互接触中，我俩彼此相互了解了不少。晓娜不断地拿水果、核桃给我吃，说我要注意营养。我说她妈做生意不容易，给她钱，晓娜推辞说，学生关心老师是应该的。

我把平时挣的钱留一点当生活费，其余的都还了账，想让自己早日还完账，能过上自由自在的日子。一天，我发高烧到四十摄氏度，在家找了几包药，心想吃点药，喝碗姜汤出出汗就好了，谁知道，半夜浑身酸痛，冷得不行，盖了两床被子就昏昏沉沉地睡了。早上晓娜敲门，我站起来头晕眼花，开了门，晓娜急切地说："白老师，您怎么了？脸色这么难看，是哪里不舒服吗？"

我赶忙说："昨天可能是睡晚了，有点感冒。"

晓娜忽然把手放在我的额头上，我的心颤动了一下，说："晓娜，我没事，你先坐会儿，我去洗个脸。"

晓娜不等我把话说完，着急地说道："这么烫啊！不行，白老师，您得赶紧去医院打点滴退烧。"

我坚持说没事，不用去医院，休息休息就好了。在晓娜的坚持下，我测了体温，三十九摄氏度，晓娜着急得要哭似的，说要陪我去医院。我心里清楚，不是我不想去看病，而是我刚给两个孩子转了生活费，口袋里没多少钱了，要是看了病，这个月就没生活费了。

我有些尴尬地说："吃些药会好的，我的体质好，没事。"晓娜似乎看穿了我的心思，说要不就到附近的诊所打点滴退烧，我只好硬着头皮和晓娜到了诊所。医生给我扎上针，晓娜坐在一旁，满脸担心的神情，时不时站起来摸我额头烫不烫，邻床的病人对我说："你女儿吧？可真孝顺。"

我微笑一下，闭上眼睛，强忍着就要流出来的眼泪。

打完点滴又开了一些药，结账的时候，晓娜抢先扫码，一只手捂着二维码，不让我扫码。

到了家里，我吃了药，觉得身体好多了，晓娜整理着我的文稿，不知什么时候我就睡着了。

我睡醒的时候已经中午了，晓娜起身给我倒了一杯水说："感冒要多喝水，我熬的汤快好了，一会儿烧个青菜，我妈说，人病了就得吃些清淡的饭菜，多喝水。"

我打量着晓娜说："你还会做饭？"

晓娜红着脸说："我做的饭没有您做的好吃，以前我只会泡面，做饭是跟我妈妈学的。"

我坐起身说："谢谢你，晓娜，你是个难得的好孩子。"

晓娜一个劲地摇头说："是吗？您可别夸我了，白老师，我知道您一个人在外不容易，您以后无论有什么事一定要给我说，特别是不舒服了就要去看病。"

我点着头，其实我的心里早就把晓娜当作亲人了。

晓娜大学毕业后，说是准备考研，平时帮我整理校对文稿，工作累了，会陪我去郊区大山里转转，一起谈创作，一起谈梦想。晓娜会带我吃她们年轻人爱吃的各种小吃……

不知不觉一年多过去了，我欠的外债快还完了，心里好受多了。

闲暇的时间，我就会想到晓娜，晓娜几乎是每天晚上都给我发信息祝晚安。我俩这是相爱了。

我心里知道，我是没有资格去爱晓娜的，不说别的，光是年龄就是致命的一关——我比她大十九岁。于是，我婉转地让晓娜找找关系，去广电系统进行专业对口实习，好好发展自己。晓娜看着我说："您是要赶走我吗？白老师，您能写能拍的，我跟着您不是同样可以实习吗？"

我沉默了，我心里也不想让她离开我。晓娜看着我说："白老师，我喜欢和您在一起工作，您不喜欢我吗？"

　　我告诉晓娜，她家人是不会同意我俩相处的，晓娜坚定地说，她会做家人工作的。

　　一天早上，晓娜没有到工作室上班，我给晓娜打电话、发信息她都没有回。晓娜是怎么了？是病了吗？还是有什么事？我在屋里走来走去，心里很是焦急。

　　我正要开门出去的时候，来了一对中年男女。不等我开口，男的就问我："你就是白老师？"

　　我点了点头，两人进屋后坐下说，他们是晓娜的父母，我赶紧给他们倒水让座。

　　晓娜的父母告诉我，他们在晓娜九岁的时候就离了婚，他们一万个不同意我和晓娜相处的事，让我以后不要再见晓娜，说谁家都有儿女，不要做缺德、坏良心的事。

　　我答应了晓娜父母的要求，晓娜的父母说完就走了。我坐在沙发上，一脸的茫然，心里五味杂陈，憋得难受，一天啥都没干，烟吸了一根又一根，就着花生米，酒喝了一杯又一杯。本来就不怎么喝酒的我似乎要醉了，不喝了，冲个澡后睡觉去了。

　　我和晓娜好几天没见面了，晓娜给我发信息说，她妈把她看得很紧，不允许她出门，她会想办法出来见我的。我没有回晓娜的信息，下午，我拿起手机给晓娜回了一个信息，告诉她不要再见我了，她父母都是为她好，我也挺好。

　　我坐着公交车到了深山老林，到了晓娜和我以前曾经去过的地方，坐在我俩一起坐过的石头上，闭上双眼，活泼可爱、善解人意的晓娜仿佛就在我的身边。晓娜，我吹过我们吹过的风，这算不算我们相拥？我走过我们走过的路，这算不算我们相逢……

　　没过多久，我回到了老家，继续奔波、创作。一年后，还清了所有的外债，住在老家，院子里种满了各种蔬菜，自食其力地过着乡间田园生活，儿女也都考上了大学，在老家除了孝顺父母，就是创作、写作。

一天，我上山转悠，母亲打电话说，一个叫晓娜的姑娘来家里找我，我沉默了一会儿，让母亲说我在外地，匆匆挂掉了电话，漫无目的地往深山里走去，然后在朋友家里住了几天。直到母亲告诉我晓娜走了，我才回到家里。

晓娜打我电话打不通，就写信给我。信中得知，她研究生毕业后留校任教，说她这辈子一定要嫁给我，希望收到我的回信。我把晓娜写给我的信看了一遍又一遍，我除了落泪，没有别的办法。

我只要闲下来，就会想起晓娜，想以前我和她相处的情景，可我还是克制住了自己的情感，心里默默祈祷着晓娜将来有份美好的爱情，有个美满幸福的家庭。

几年很快就过去了，我依然一个人生活着，又出了两本书。这几年中，我曾一个人不远千里开车到过晓娜家所在的城市，到过我俩几年前登过的山、蹚过的小溪、坐过的石头、吃过饭的地方……

母亲经常劝我找一个人结婚，我光是点头答应，心里却想着，一个人挺好，也习惯了，不想费那个事了。

一天，我写东西累了，躺在院子里的青竹藤椅上，听着《听闻远方有你》的歌曲，慢慢闭上了眼睛，任凭阳光普照，风儿轻吹……

忽然听到有人叫门，声音是久违的熟悉，是久违的亲切，我慢慢睁开眼睛，看到晓娜已经站在院子里了，温柔的夕阳下，我和晓娜四目相对，谁也没有说话，一直站着、看着……

死胡同

　　建伟大学毕业后到了一家公司上班，他的妈妈在村里逢人就说，儿子很争气，大学毕业了，好几个大公司抢着要，去了一家大公司当主管，月薪上万了，马上就准备在城里买房了，把整个村都传遍了。其实建伟实习期一个月才两千多元的工资，也不是公司什么主管。

　　建伟实习期第一个月工资发了两千五百元，他心里想着买一部高档手机，拿着倍儿有面子，于是到手机店里看来看去，选中了一款五千多元的手机，可钱不够。在店营业员的热情推荐下，建伟思来想去，狠狠心、咬咬牙，通过分期打白条的方式买了一部高档手机。

　　建伟实习期第二个月工资发了三千元，他心里想着在城里租房住，因为挤公司员工宿舍的滋味实在是不好受，好几个人住一起，咬牙的、放屁的、打呼噜的、说梦话的，应有尽有。

　　建伟一个人到城中村找房子，看了几家，都觉得房子太破，采光不好，又太吵了，想到如果同学或是老家人来了，太寒酸，自己没面子。于是，建伟来到了家政服务公司，坐下后，还不忘把自己刚买的高档手机放在显眼处，告诉漂亮的工作人员佳佳说："家离单位远，开车上班又怕堵，想在附近租一套公寓住。"建伟在城里只是个打工族，他家在新农村住，没在城里买房子。

　　佳佳领着建伟看了几套公寓，建伟终于看中了一套，佳佳说公司要求房租押一付六，建伟说："美女，疏通一下呗，押一付一吧，年轻人花费大。"

佳佳找老板说了半晌，终于答应房租可以押一付一。建伟对佳佳说着道谢的话，心里打鼓一样，因为他口袋里只剩两千元钱了，房租就是押一付一也不够，建伟喝着佳佳端来的咖啡，心里想，绝不能在漂亮姑娘佳佳面前丢面子，故意镇定地对佳佳说："稍等一会儿。"于是建伟拿起手机在花呗上开始借钱。建伟熟练地在手机上操作着花呗，不一会儿借到了三千元钱。建伟站起身潇洒地扫码付款，拿着公寓的钥匙走的时候，主动加了佳佳的微信，说认识是缘分，感谢佳佳帮他租到了心仪的公寓，有空约个时间要一起吃个饭。

星期天，建伟躺在租住的公寓里玩着手机，手机里只剩下不足一千元钱了，可他又想买衣服，又想请佳佳吃饭，离发工资的时间还得等一星期，这可咋办呢？佳佳的身影一直在建伟的脑海里飘来飘去。建伟闭上眼睛，心里打起鼓来：过一个星期就该发工资了，也就是几天的时间，很快的，一个人太孤独了，应该多交朋友，我要约佳佳吃饭。建伟想到这儿忽地坐起来，举着手喊道："加油，一切都会好起来的。"起身刷牙洗脸，穿好衣服就出了门。

建伟先是进了商场，经过讨价还价，花了四百元钱买了一套时尚的夏装。回到公寓冲了澡，他开始试穿新衣服，在镜子面前晃来走去，朝着镜子里帅气的自己喊了一声"欧耶"，坐在沙发上，拿着手机给佳佳发信息。

手机信息铃声响个不停，建伟终于攻破了佳佳作为女孩子的那份矜持，佳佳答应建伟晚上一起吃饭。

建伟兴奋极了，嘴里哼着歌，心里盘算着自己口袋里仅剩的四百元钱，和佳佳一起吃饭应该够了。

佳佳穿着白色的短裤套装、白色板鞋，一双美丽的大眼睛好像会说话。建伟被眼前的佳佳彻底迷住了，上前一步说："佳佳，谢谢你和我一起吃饭，走，你爱吃啥，我们就去吃啥。"

佳佳脸上泛起红晕，轻声说："啥都行，你爱吃麻辣烫吗？"

建伟满口应着："爱、爱，走，佳佳，咱去吃麻辣烫。"

建伟让佳佳点菜，佳佳点了两个素菜和一份肥牛。建伟看着菜单，心里算着账，又点了一份羊肉说："羊肉有营养，佳佳，你喝什么？"

佳佳说喝茶水就行了，建伟让服务员给佳佳拿了一瓶麦香奶茶。

建伟和佳佳说着、吃着，一个多小时过去了，两人离开了麻辣烫馆，并排走在街上。走了一会儿，佳佳说要回家了，太晚回去，爸妈会担心的。建伟拦了一辆出租车，佳佳坐车走了，建伟哼着小曲往租住的公寓走去。

建伟过了一个愉快的周末，上班第三天就没生活费了，马上又该交房租了，建伟花呗的钱还没还完，不能再借钱了。建伟跑了一下午，到银行办了两张信用卡，问同事借了五百元钱，交了电费和水费，又买了两盒烟，剩下的二百多元钱当作生活费。

没几天，建伟申请的银行信用卡批下来了，一张额度三千元，一张额度两千元，公司发了三千多元的工资。建伟有钱了，爽快地还了借同事的五百元钱。

建伟打通了佳佳的电话，温柔地说道："佳佳，发你微信怎么没有回？我想你肯定是在忙，就打电话了。"

佳佳说正和客户谈业务，答应忙完和建伟一起吃饭。

天快黑了，建伟和佳佳一起吃了饭，佳佳抢先要买单，被建伟拉住了。从饭店出来，佳佳问建伟的工作情况，建伟说公司老总很看好他，自己将来一定会有机会做公司主管，工资就会更高了。

佳佳走着听着，没有说话，脸上流露出沉默的表情。

建伟问佳佳怎么了，佳佳苦笑着说没事。建伟说要和佳佳一起去唱歌，佳佳说家里有事，拒绝了建伟。

两个月过去了，公寓的楼下，建伟骑在一辆崭新的摩托车上，一脸的愁容，他没有当上公司的主管，他的工资在公司里是最低的，他的信用卡快逾期了，他的花呗该还了，他租的公寓该交房租了……这些事情都需要用钱去解决，可建伟现在没有钱了，该怎么办？

　　建伟的手机响了，打开一看，是佳佳发的信息：你上班的公司是我哥哥开的，你的情况我也略知一二。你的消费水平太高了，俗话说得好，"吃不穷，喝不穷，算计不到会受穷"。你要是这样下去，会走进死胡同的，作为朋友，我劝你几句。另外你从没和我谈过你的工作和理想，而是海阔天空，吃啊喝啊玩啊的话题，我不太理解！以后没啥事不要再和我联系了，我正在复习考研，祝好。

　　建伟一脸的尴尬和愁容，叹着气说道："原来是这样啊，唉，我现在已经是走入死胡同了，我这是都干了些啥呀，我还是我吗？"

　　建伟的眼睛红了，强忍着快要流出的泪水，骑着摩托车向前走去。

驼 爷

　　我老家村里有一位八十多岁驼背的老人，他的背驼得不能再驼了，人们都叫他驼爷。听村里的人说了不少驼爷的往事，我有事没事总爱找驼爷聊天，想了解他的过往和神秘。

　　周末了，回到老家，没有找到驼爷，我就向村外的大山走去。到了山脚下，远远就看见一个人在舞动着镢头，像是在刨什么，我走近一看，是驼爷。驼爷见我过来，放下手中的镢头打招呼说："你啥时候回来的？"我给驼爷递了一根烟说："刚回来一会儿，驼爷，你这是在刨啥呢？"

　　驼爷告诉我，他在山坡上开了几块荒地要种菜，在山脚下挖个蓄水池，天旱了好往菜地浇水。

　　驼爷说着一屁股坐到一块石头上，掏出旱烟袋装上一锅旱烟片点上，陶醉在烟雾中，一双不算大的眼睛眨动了几下，一股股白烟从大大的鼻子孔里冒出来。驼爷闭上嘴，一只大手捏着鼻翼哼了一声，鼻涕喷在地上，驼爷一只大脚就地搓了几下，手往粗布黑鞋底抹了一下，说："人呀，活一辈子都不容易。"

　　驼爷的话匣子终于打开了。驼爷十六岁被国民党抓了壮丁，受不了苦逃了出来。在逃跑的路上驼爷摔伤了腰，几个国民党兵找到了他，在大树下挖了一个坑要活埋他，村里人用一头牛救了驼爷。打那以后，英俊活泼的驼爷沉默了，脊背越来越驼，胆子越来越小。

　　驼爷到了三十多岁，好不容易娶了个寡妇，生育了几个儿女，家里的生活越来越拮据。驼爷干不了重活，只有沉默地忙碌着，老婆慢慢开始嫌弃他驼背没本事，最后俩人彻底分居了。驼爷索性一个人住进村外的一孔窑洞里，除了吃饭回家，家里的大小事很少过问。

　　驼爷平时除了开荒种地，还会到山上砍荆条，晚上一个人听着收音机里的家乡戏，两手忙碌着编织荆条耙，窑洞里堆满了晒干的荆条耙。够数量了，驼爷就推着捆好的一独轮车荆条耙，走几里地到煤矿上卖掉，然后买些面，割一小块肉送回家里。只有这个时候，驼爷的老婆脸上才会露出一丝微笑。

　　到了20世纪90年代，老百姓的日子越来越好，驼爷依旧是穿着一身有些发白的旧黑衣服，脚上穿着儿子不穿的旧皮鞋，游荡在村里村外捡废品。到了晚上，他一个人坐在属于自己空间的破窑洞里，仔细地数着卖废品的钱，数好钱后装进一小破皮包里，放在褥子下面，发会儿愣，顺手拿起挂在墙上的一把破二胡，放在腿上，紧紧弦，左手握住胡柄，右手抓住二胡的弦，闭上眼睛拉起来。一曲曲有些跑调，甚至是有些刺耳的二胡曲子，从窑洞里飘荡出来。有时候，驼爷还不忘扯着嗓子唱上一段家乡戏。

　　驼爷从小就喜欢唱戏，长得还算英俊，被抓壮丁、摔伤了腰，现实把驼爷的梦想彻底碾碎了。倔强的驼爷虽说七十多岁了，似乎依然坚持着自己的喜好，自己的梦想。

　　为了拉好二胡，驼爷晚上跑几里山路去拜师学习，逢人就说，学好了，把村里爱唱爱跳的人弄到一块儿，成立个艺术团，谁家办喜事了，就免费演出。村里能信驼爷话的人并不多，农闲了，人们却喜欢围着驼爷，叽叽喳喳地要驼爷唱戏、拉二胡，驼爷从不推辞，伸手就拉，张嘴就唱。

　　到了收获的季节，驼爷种的黄瓜、豆角、辣椒、西红柿、白菜长势喜人，驼爷会先采摘一些，送给教他拉二胡的老师，送给村里几个孤寡老人，再挨家挨户喊着村里人去他的菜地采摘新鲜蔬菜。村民很自觉地把采摘蔬菜的钱放在驼爷的床上，驼爷总会说上一句，都乡里乡亲的，一个村住着，不用给钱了。

驼爷偶然从收音机里听到了养鱼知识讲座，睡不着了，经常围着村边的水库转来转去。过了几天，驼爷早早推着独轮车到了镇上，几经周折，总算是买好了鱼苗，回到家里，就忙活着喂鱼苗、撒鱼苗。村里人听说驼爷养鱼了，三五成群地来到水库边，给驼爷鼓劲的、给驼爷出主意的、给驼爷提醒的，很是热闹。

不知不觉两年过去了，驼爷养的鱼大丰收了，驼爷走家串户，喊村里人捞鱼吃，还不忘给镇敬老院推去了一独轮车他养的新鲜鱼。

家里人劝驼爷搬回家住，驼爷沉默一会儿，开口说道："我拉二胡会吵到你们，我捡的废品也没处放，还得养鱼呢，我在窑洞里也住习惯了，先不搬吧。"

我打量着眼前八十多岁的驼爷，听着他的故事，心里肃然起敬，充满了感动。

驼爷告诉我，他想参加电视台戏曲大赛，一个劲地说他没出过远门，有点胆怯，我顺口答应陪他一起去参加戏曲大赛，驼爷开心地看着我说："这我心里就有底了，不怕了，给你添麻烦了。"

到了驼爷参赛的日子，我早早开车回到了老家，驼爷早就站在村代销店门口等着我了。我被眼前驼爷的装扮惊住了。他头戴一顶蓝帽子，穿着一身蓝色中山装，脚上穿着一双新皮鞋，一张沧桑的脸洗得很干净，驼爷坐上车说："去电视台得穿得好一点。"

一路上，驼爷东看西看，嚷着要给我车里加油，我说油箱是满的，让他不用操心，驼爷嘟囔着说，他给我添麻烦了。

戏曲大赛开始了，轮到了驼爷。驼爷站在舞台中央，先是给台下的评委和观众鞠了躬，看了我一眼。我竖起大拇指示意着驼爷，给他鼓劲。驼爷顿了下嗓子开唱了，唱的是豫剧《打金枝》里唐王的一段戏，唱得情感满满。虽然有一些跑调，但台下没有耻笑，而是掌声不断，掌声是在为驼爷的生活态度、乐观活出自我的精神而喝彩。

遇　见

　　高三的时候，我们班来了一位英语老师，是个漂亮的女孩，叫秀灵，二十五岁左右，不高不低的身材，白皙的脸蛋，标致的五官恰到好处，一双会说话的大眼睛让人过目不忘。说她是小鸟依人的仙女一点都不为过，整个人和她的名字一样清秀灵气。

　　秀灵老师上的第一节课就征服了我们全班的学生，标准的英语朗诵和讲解，充满着专业和热情，讲课时的神情和声音令人陶醉。她鼓励我们要抓好最后一年的时间学习冲刺，考上自己心仪的大学。

　　晚上，我失眠了，很晚才睡着，梦见秀灵老师给我补课，我们一起散步……闹铃声把我惊醒，我生气地按住闹铃，又躺下想继续做梦，可怎么也睡不着了。

　　一次上课的时候，秀灵老师咳嗽了一声，嗓子像是有点哑，我的心里莫名地难受起来。下课后我跑到学校卫生室，买了一盒喉咙含片，满头大汗地打报告进了秀灵老师的办公室，红着脸把含片放在桌子上，扭头就走。

　　我的语文成绩非常好，我还在刊物上发表了不少文章，同学们都叫我"风流才子"，数理化的成绩就不行了。我曾几度想退学，在父母和老师的开导下，只好待在学校继续学习。

　　以前的我是不喜欢上英语课的。现在不一样了，自从秀灵老师来了以后，我天天盼望着上英语课，心里暗暗下决心，要努力学习。为了引起秀灵老师的注意找我谈话，我课堂上假装睡觉。机会终于来了，下课的时候，秀灵老师让我到她办公室。

秀灵老师问我是不是不舒服，怎么在课堂上睡觉，我说是晚上没睡好觉。秀灵老师似乎看出了些什么，沉默了一会儿，说："人做什么事情尽心尽力就好，不要纠结还没有发生的事情。再有一个学期你就要高考了，不管考得怎么样，只要努力了，尽力就行。你写作很优秀，一定要坚持下去，我看好你。"

秀灵老师说的话像激素，让我兴奋，让我自信，我把秀灵老师说的话一字不落地写在日记本上。

我高考落榜后约好秀灵老师见面，到了秀灵老师的家。她一个人在家，我把水果放在桌子上。秀灵老师说她感冒了，让我先坐，我上前把手放在她的额头上，急切地说："额头这么烫，您吃药了吗？走，到医院去看看。"

我俩的眼睛对视了一下，我忽然感觉到了什么，赶紧把手拿下来，脸一下子红了。秀灵老师的脸也红了，她扭头赶紧给我倒水，说吃过药了，屋里安静得出奇。

我告诉秀灵老师，我决定报名参军。秀灵老师的眼睛猛地一亮，说："太好了，你到了部队发挥你的写作特长，将来一定会有成就的。"

秀灵老师说话的声音像甘泉，滋润着我的心田，让我的心里乐开了花。

我顺利通过验兵，离开家乡去往部队的前一天，我到母校看望了秀灵老师，在学校转了一大圈，走走看看，秀灵老师送给了我几本文学书籍。我俩散步在学校附近的小河边，秀灵老师一直说着鼓励我的话，我默默地听着，树上的鸟儿叽叽喳喳地叫着，像是在提醒我："别磨叽，你再不说就没机会了，就没机会了……"

我停下脚步，看着秀灵老师的眼睛，伸手拉起她的双手，羞涩地说："秀灵老师，我、我、我喜欢你！"

秀灵老师习惯地轻轻咬了一下嘴唇，抬头看着我，犹豫了一下说："我知道，你喜欢我并没有错，学生崇拜老师、喜欢老师是很自然的事。"

我大声辩解着说："不、不是，我不是学生喜欢老师的那种喜欢，我是心里喜欢你！"

秀灵老师愣住了，我不顾一切地拥抱秀灵老师入怀，秀灵老师没有挣脱，我们静静地拥抱着，我这是第一次拥抱女孩，既兴奋又不顾一切，生怕她跑掉了……

秀灵老师慢慢推开我，有些不自然地说道："咱俩是师生关系，我比你大几岁，我正在读研，喜欢我是你的自由，你还小，要专心发展自己，一切都交给上天，交给缘分，好吗？"

我的眼泪就要流出来了，我看着秀灵老师说："秀灵老师，谢谢你，我听你的话，到了部队会好好干的，争取多立功，做一名优秀的军人。"

我到了部队，勤学苦练，业余时间坚持写作，先后被部队送往报社、电视台学习。这几年的时间里，我在各级刊物上发表文章几百篇，出版了小说集，后来被部队提干，从军期间，我和秀灵老师很少语音、视频说话，都是写信，字里行间透露出了我俩相互鼓励、相互思念的幸福见证。

后来秀灵老师到了一所大学任教，我从部队转业到地方日报社当了领导。

煤油灯下

　　使用煤油灯照明的年代里，女人的针线活尤为重要。我的母亲七八岁就跟着外婆学习针线活，起初学些缝缝补补的技巧，长大了一些，又学着织布、做衣服、做鞋子。母亲的手不知道被针扎了多少次，也不知道在煤油灯下熬了多少个夜，终于在村子里落了个"巧手姑娘"的绰号。

　　母亲十四岁到了乡豫剧团学唱戏，因为母亲只上了两年学，有很多戏词的字不认识，母亲的个性又强，于是自学认字。剧团的导演给母亲念两遍戏词，在昏暗的煤油灯下，母亲把不认识的字标出只有自己认识的符号。母亲通过勤学苦练，起早贪黑地吊嗓子、唱戏词，一年多的时间，终于成了豫剧团的台柱子，先后学会了多场豫剧戏。每场戏里母亲都是主角，在豫剧《朝阳沟》《红灯记》《沙家浜》里分别扮演了银环、铁梅、阿庆嫂主要角色。

　　母亲十九岁和我父亲结了婚，就不再唱戏了，父亲是村小学的一名民办教师，母亲当上了村里的妇女主任。我们家人口多，爷爷奶奶加上几个叔叔和姑姑，有十几口人。母亲是家中长媳，只要一有空，就会不分白天黑夜给家里人做衣服、做鞋子，把我父亲的旧衣服改好让我叔叔穿，把我穿烂的衣服打上补丁给弟弟穿。那时候家里没有电灯，没有缝纫机，母亲白天干活，晚上坐在煤油灯下，一针一线地做衣服、做鞋子。

　　村里不少人都会找我母亲做衣服、剪鞋样，帮助做小孩穿的虎头鞋、虎头帽，来我家取衣服时给母亲丢下一兜鸡蛋、一包红糖以示答谢。

母亲从田地里劳作回到家，顾不上歇息，就忙着在屋里纺线、织布。纺线车随着母亲的右手转动起来，悠扬悦耳的嗡嗡声响起，母亲左手拿一团弹好的蓬松棉花，对准纺车左边转动的纺针。在母亲的一双巧手舞动下，棉花团魔术般地变成了一根长长的细线，连续不断、慢慢地缠绕在纺针上。

昏暗的煤油灯下，母亲一双乌黑的丹凤眼注视着织布机，将绕好的纺线有条不紊地搭在织布机上，穿好梭线，来回地调整拾掇一番，然后踏动脚下的织布机踏板，随着"咔嗒、咔嗒"有节律的响声，织布开始了，深红光亮的木梭犹如一条鱼儿，在母亲左右手的掌控中来回游动，欢快地跳跃着。日复一日，织布机上的布卷越来越厚，母亲把棉线织成了棉布，然后浆染成色，五彩方格的棉布很是好看。到了年根儿，母亲把一家老小的衣裤缝制妥当，给家里每人做一双新布鞋，爷爷奶奶一个劲地夸我母亲勤快、手巧。

农闲时，母亲把平时做衣服剩下的布块拿出来，给我们兄妹三人缝制了好看的花布书包，我们背着书包爱不释手，母亲把书包放进木衣箱里说："等你们该上学了，就背着它。"

母亲给我们做鞋是很费事的。她用面粉打好糨糊，把破门板在院子里放平，刷好一层糨糊铺上一层旧纸，再刷一层糨糊，把平时攒的五颜六色的布头铺上一层，双手推来推去，直至平整，就这样铺了一层又一层，铺了五六层厚，算是妥当。我们老家叫它袼褙，把铺得厚厚的袼褙放在院子里晒干。

母亲把晒干的袼褙剪成鞋底，一只鞋底的厚度需要好几层袼褙，鞋底的雏形就算做成了，我们叫千层底。

接下来，母亲就开始起早贪黑地搓麻绳，先把麻皮拧成单股，然后把两股合二为一。母亲左手续麻皮，把拨楞锤放在膝盖处用力一搓，拨楞锤在空中飞舞，嗡嗡作响。麻绳搓好了，母亲就忙里偷闲地纳鞋底，她左手拿着鞋底，右手先用针锥扎一下，接着将大针插进去，用夹针一拽，大针带麻绳就穿过去了。母亲会在鞋底的中心纳些"双喜""福"之类的图案。

一个多月过去了，母亲纳了十几双鞋底，放在竹箩筐里。要做鞋帮了，母亲把铰好的鞋帮样纸铺好，晚上煤油灯灯头不太亮的时候，母亲用手中的锥子把灯芯左右挑拨几下，煤油灯顿时亮了很多。我躺在暖和的被窝里，探出头打量着煤油灯下做针线活的母亲，母亲头上扎着一条黑黑的粗辫子，一双乌黑的大眼睛眨来眨去，一双白皙的手舞动个不停，我看着看着就呼呼地睡着了。

半夜被尿憋醒了的我起来撒尿，看见母亲正打着哈欠，依然还在做鞋。

我揉着惺忪的眼睛问母亲："娘，你不瞌睡吗？"

母亲给我披上衣服说："快披上，别着凉了，娘不瞌睡，你快睡吧，天马上冷了，一家人都还没棉鞋穿呢。"

入秋的时候，母亲让一家人都穿上了她熬夜做的松紧口布鞋和小口布鞋。入冬的时候，母亲又让一家人都穿上了她熬夜做的黑布棉鞋。

后来，父母省吃俭用给家里添置了一台缝纫机和收音机，还通上了电灯。我们依旧穿着母亲做的布鞋和衣服上学，直到我当兵去了部队。

日复一日，年复一年，不经意间几十年过去了，步入中年的我每次穿上购买的衣服和鞋子时，就会想起母亲含辛茹苦给我们做衣服、做布鞋的情景。思乡的情绪涌上心头，拿起手机和年迈的父亲、母亲视频一会儿，让满头白发的父亲、母亲看看我穿衣服、穿鞋子的模样。我说，还想穿母亲做的中山装和千层底布鞋，母亲微笑着说："等你回老家了，就会穿上我给你做的棉布鞋了。"我听着听着，眼中的泪水就要往下流。我赶紧说有事要出去，匆匆挂掉了手机。

小小少年

"小小少年，很少烦恼，眼望四周阳光照。小小少年，很少烦恼，但愿永远这样好。一年一年时间飞跑，小小少年转眼高，随着年岁由小变大，他的烦恼增加了……"正如歌中唱的一样，我的少年岁月是真实的，是幸福的，是充满回忆的，是永远难以忘怀的。

20世纪70年代，物资匮乏的岁月里，父母想尽一切办法让我们兄妹吃饱吃好，将红薯蒸、煎、烧、压成面条变着花样让我们吃，玉米面掺软柿子烙成甜甜的饼子让我们吃，地里挖的野蘑菇炒一炒让我们吃，地里挖野菜凉拌让我们吃，生日了擀捞面条炒鸡蛋让我们吃。

我上小学的五年期间，快乐是多于烦恼的，和同学打乒乓球、推铁环、打仗，还学会了认字，学到了很多知识，学会了自己制作煤油灯上早读。每周星期三的下午和星期天，老师会带领勤工俭学的我们去拾麦穗、砸石子、采摘黑槐子。

忘不了我被评为"三好学生"和"优秀少先队员"时的那份激动和光荣；忘不了我们戴着红领巾站在国旗下，齐声唱着《我们是共产主义接班人》那首歌；忘不了跟着妈妈学做饭菜的情景；忘不了下雨天跟着父亲到山上去捡地皮，让母亲炒出香香的味道；忘不了我在山坡上放牛的乐趣……

上了初中，我的快乐是少于烦恼的，课程增多了，学习压力大了不少，有时候自信满满，有时候失落迷茫，不管怎样，每门课程都要尽力考试及格，因为考试成绩要在校园张榜公布。

不知道从什么时候开始，自己变得有些叛逆，学会了和父母争论，说什么上学不是成功的唯一出路，在学校有时候还会偷偷旷课，总以为凭着自己的写作特长就能走遍天下。跑出去几天挨了饿、挨了打，才想起父母和老师说的话是对的，又回到了学校，下决心把学习搞好。

忘不了收到女同学的字条后的彻夜兴奋；忘不了偷看班里漂亮女生时的那种怦怦心跳；忘不了同学之间相互赠送明信片时的那份激动；忘不了毕业了，和老师、同学照毕业照的那份不舍……

上高中了，即将结束我的少年岁月，十八岁就要成年了，就要迈入青年岁月了。高中的学习更加紧张了，一心想考上一所好的大学，和父母的话越来越少，喜欢和同学一起谈天说地，谈以后的理想……

高考落榜了，少年岁月结束了。成年的我似乎少了些迷茫和失落，开始大胆地迎接青年岁月的乐趣与烦恼，我报名参了军，下决心不辜负自己的青春岁月，把自己以后的路走好……

我时常会想起少年岁月的往事，如果能让我再回到少年时代，那该多好。

外婆桥

清明，一个令人感伤与充满思念的节日。

我到了山脚下，来到了一座青石桥旁。晨光越来越浓，青石桥静静地矗立着，桥下的溪水缓缓地流淌着，青石桥正上方的龙门石上面红色的"外婆桥"三个字格外醒目。看着外婆桥，我的思绪回到了几十年前。

中学的时候，我的语文学得不是一般的好，写的作文篇篇都会被老师在全班朗读和点评。初二的时候，我在报刊上发表了几篇文章，在市作文竞赛中取得了第一名，学校的黑板报每期都是我一手主办的，学校开会表彰了我，还给我发了荣誉证书和奖学金。我的数理化成绩就不行了，每次考试总是不及格，到了高中，理科成绩更是一塌糊涂，我曾经想放弃学业，可又不甘心。

数学课堂上，老师发了数学考试卷，我一看还是不及格，索性一个人偷偷离开学校，到山里转悠起来。快中午的时候，肚子饿得咕咕叫，我到了不远处的外婆家。外婆见到我很高兴，忙着给我做饭。外婆把和好的面团用湿布包起来，到院子的菜地里摘了些豆角、辣椒和西红柿。不一会儿，外婆就把手擀面做好了，我狼吞虎咽地吃了一碗多。外婆端来一碗面汤说："来，把面汤喝了，消消食。"

外婆看着我问道："今天不是星期天，你咋没上学啊？"

我看着外婆有些严厉的目光，心里打消了说谎的念头，告诉外婆自己不想上学了。

外婆没有再说话，我躺在床上不一会儿就睡着了。

我醒了，看见外婆一个人在院子里洗衣服，我走上前跟外婆打招呼，外婆把衣服搭在院子里的铁丝上，扭头对我说："走，跟外婆上地去。"

我问道："外婆，你让我跟你去地里干活啊？"

外婆没吭声挎起篮子就走，我只好跟着外婆往前走。

外婆领着我翻过了一座精致的小石桥，来到了山脚下的一块玉米地，玉米苗在热风中有气无力地晃动着。外婆放下篮子，拿起锄头开始除草，我跟在后面拾草，开始还觉得新鲜，过了一会儿，我感到腰酸腿疼，外婆让我休息，一个人前腿弓、后腿蹬，挥舞着锄头，不慌不忙地锄着草，外婆脸上的汗水一颗一颗滴在土地里。实在累了，外婆就摘下草帽，拿掉脖子上的毛巾擦擦汗，继续锄草，我让外婆坐下来歇一会儿，外婆说干惯农活了，不累。

太阳快下山了，外婆走到小石桥旁的小河边，弯下腰，洗罢脸，对我说道："干农活累吧。"

我忙说不累，外婆看着我说："我没啥文化，说不出啥大道理，你要知道，农民呢，就要种好地，工人呢，就要上好班，学生呢，就要上好学。"

我点着头，外婆指着小石桥说："我给你讲讲这座小石桥的故事吧。"

我兴奋地说道："外婆，我最喜欢听故事了，您快讲。"

外婆指着小石桥问我："知道这座小石桥是谁建的吗？"

我摇了摇头，外婆深情地望着小石桥，打开了尘封在心中多年的往事。

几十年前，外婆十八岁嫁给了我外公，俩人都没有读过书，那时候家里生活很是拮据，没啥吃，又发了洪水。为了生存，我外公逃荒几百公里，到了陕西一家建筑公司当了工人，我外婆一个人在家照顾几个年幼的儿女。我母亲是长女，下面有五个弟弟，母亲上了两年学就辍学了，回家帮外婆照顾我几个年幼的舅舅。

我外公和外婆为了能写信、看信，就自学认字、写字，白天干活晚上学认字。他们的通信中虽然错别字很多，还画有特殊符号，可两个人心有灵犀，都知道对方心里要表达的意思。

外婆照顾几个儿女的同时，还要打理十多亩地里的农活。外公探亲回来，见外婆不在家，就到庄稼地去找，到了地头，看见外婆和我母亲两人挽着裤腿，抱着我年幼的舅舅过河，外公一脸的心酸表情。

回到了家，母亲和舅舅围着我外公，外公打开帆布黄皮包，拿出衣服，又拿出吃的分给几个孩子，把一个塑料袋给了外婆，说是一年多挣的工资。外婆拿出钱看了一会儿又装进塑料袋说："你在外面该吃也要吃好，别亏了身体。"

外公点点头，外婆起身把钱放在红木箱的衣服底下，盖好锁好。

院里的公鸡打鸣了，外婆起床后不见外公，就忙着先把老黄牛喂上草，到院子打开鸡窝，一群鸡子咯咯地走出来等着喂食。外婆把一篮子青草用菜刀剁碎，掺了一些麦麸子放进鸡槽里，鸡子争先恐后地抢起食来。

太阳出来了好一会儿，外公和二外公扛着铁锨和镢头回来了，外婆接过铁锨说："快吃饭吧，回来探亲也不好好歇歇，又去干活了。"

外公吃完饭，起身对外婆说："梅他娘，中午多做几个人的饭，半晌的时候，让咱家闺女小梅往地里送点馒头和水。"

外婆吃惊地问外公："庄稼不熟，你找人干啥活呀？"

外公坐了下来，看着外婆说："我常年不在家，你一个女人在家要拉扯几个孩子，还要操持十多亩地。咱家地在河对面，运粪、收个庄稼太难了，过着也不方便，我今早看过了，周边有现成的青石头，我决定修一座小石桥，你收庄稼过着方便，村里人也方便。"

外婆被外公的话镇住了，外婆吃惊地说："我说你一大早弄啥去了，你会修吗？算了，你好不容易回来一趟，在家好好歇歇，再说我蹚着河收庄稼都习惯了。"

外公说他在陕西就是干建筑的，不费事，外婆知道外公的倔脾气，也不再说什么。看着外公的背影，外婆脸上洋溢着幸福的表情。

外公领着几个人顶着炎炎烈日修石桥，足足干了快一个月，小石桥终于建好了，外公在桥上放了一盘小鞭炮。当时，村里的人都很高兴，夸我外公能干，知道心疼我外婆。

外婆说到这儿又扭头静静地看着青石桥，我轻声问外婆："外婆，你说的就是这座桥啊？"外婆点了点头。

我和外婆走到桥上，看着一块块方正的青石，桥面也是青石铺成的，外公修桥的情景仿佛浮现在了我的眼前，我心里泛起了对外公的崇拜之情，认为外公是个平时话不多、用行动说话的人。

我抚摸着桥的每一块青石，慢慢地走着，忽然扭头对外婆说："外婆，我给这个桥起个名字吧。"

外婆抬头看了我半天，说道："给桥起个名？"

我点着头说："对，起个名，咱就叫它'外婆桥'吧。"

外婆笑了，我也笑了。

我和外婆背着锄头、挎着篮子走在回家的路上。

回到了家，外婆打开一个小木箱，从里面拿出外公多年来写给家里的信、外婆写给外公的信，我如获至宝，慢慢地看起信来。外公、外婆没有上过一天学，靠自学认字写信，很难得了，信的字迹大大小小、涂涂抹抹，算不上漂亮，信里还有很多病句，每封信里几乎都有画符号的地方，外婆告诉我，实在不会写的字就画符号代替。就是靠着这一堆有错别字、有病句、有符号的信件，完成了外公和外婆千里之隔的互报平安、家事沟通、情感交织的事情，我打心眼里对外公、外婆更加尊重和爱戴了。

第二天一大早，我和外婆来到小石桥旁。我站在梯子上，用抹布擦拭干净了桥弓正上方的一块青石，提起沾满油漆的毛笔，工工整整地写下了"外婆桥"三个大字。

我告别了外婆，回到了学校，找老师认了错，端正了学习态度，不再觉得求学难了。我心里知道，做啥事情只要尽心尽力就行。

我抚摸着当年我写下的"外婆桥"三个字，思绪万千，外公和外婆离开我们十多年了，可他们自食其力、身体力行做事的精神永远珍藏在我的心里，永远激励着我要用心生活、用心做事。

青涩年华

20世纪70年代，那时候村里没有幼儿园，只有城里才会有育红班，也就是现在的幼儿园，我的母亲十几岁就到了公社戏曲团当演员，和父亲结了婚，就不再唱戏了，当了村妇女大队长。母亲的手非常巧，村里好多人都找她剪花、做鞋、做衣服。

我八岁的时候上小学二年级，穿着母亲给我做的一身小绿军装，戴着小绿军帽，背着母亲用布头给我缝制的小花布书包。母亲把一块白色的口罩揣进我的衣服里，口罩线搭在我衣领处，不管是谁见了我，总夸我干净好看，我听了心里美滋滋的。

我们班一个女孩叫春霞，扎着两条黑黑的小辫子，一双大大的眼睛一眨一眨的，像是个布娃娃，很是好看，我很喜欢她。我俩是同桌，在一起总是有说不完的话，放学了，我就会去她家玩，踢沙包、跳绳、抓石子，玩得一身汗，天快黑了，我才恋恋不舍地往家里走。

星期天，我和春霞、村里的小伙伴学着大人的模样过家家。我和春霞演爸爸、妈妈，二宽演儿子，云霞演医生，我和春霞领着儿子去医院看病，云霞用玉米秆当针管，头上插上野棘针，给二宽打针，结果把二宽的屁股扎流血了，我赶紧说："二宽最坚强，是小英雄，医生打针不疼。"

春霞摸着二宽的头说："你'爸爸'说得对，二宽是小英雄，不哭、不哭。"

二宽强忍着快要流下的眼泪，说："一点都不疼，没事，没事。"

我们继续过家家，直到父母亲喊着吃饭，才各自回家。

我们从山石里找些滑石当粉笔，我和春霞当老师，找来还没入学的小孩当学生，在邻居家的房墙上教他们认字；学着电影《闪闪的红星》里的情节内容，我们在村子里跑来跑去打仗，当红军、抓地主老财。

一天，我给母亲说，我要娶春霞当媳妇，母亲笑得合不拢嘴，抚摸着我的头说："你呀，人小鬼大，知道个啥，记住了，学习不好谁也娶不到。"

到了小学三年级，班上的男女生就不怎么说话了，比学习成了风尚。五年级的时候，我们班一个叫改荣的女同学，穿了一身新衣服很是好看，我心想，她将来做我媳妇就好了，这种想法来得快去得也快，现在想起来依然觉得好笑。

小学毕业了，我以第一名的成绩考入了乡重点初中。到了初中，我的学习压力比小学的时候大多了，语文学得非常好，尤其是我的写作和书法，在全校是出了名的好，每一篇作文都会被语文老师进行全班朗读和点评，在全班进行传阅。我负责办学校黑板报，站在凳子上，黑板报上有我写的励志文章、反映学习标兵和学校的好人好事等内容，一群女生围着我看，一个劲地夸我粉笔字写得漂亮、文章写得好，我的心里比吃了蜂蜜还甜。

每次考试，我的数理化成绩都不及格，我对考学有些失望了，可我并没有泄气，依然很努力地学习，因为我们那个年代，能考上中专上几年就可以当老师了，算是抱上金饭碗了，一辈子都不用愁了。

我写的散文《蜜蜂留给我的启示》发表在了《作文周刊》上。我捧着报纸看了一遍又一遍，看着自己写的文章变成了铅字，心里无比喜悦。我发表文章的事在全校传开了，母亲为了奖励我，特意把不知攒了多久装石子车挣的钱拿出来，扯了一块天蓝色布料，给我做了一套西装，买了一双皮鞋。当我穿着新西装、新皮鞋走进教室的时候，一群女生尖叫着："好帅哦！"

我不管怎样努力学习，数理化的成绩还是很差，我渐渐有些泄气了。我的同桌李霞长得漂亮，学习也很好，平时我不会的数学题就问她，她很仔细地讲给我听。李霞平时不怎么爱说话，性格很温柔，一双会说话的大眼睛总是扑闪着。不知不觉中，我心里暗暗地喜欢上了她，甚至有时候偷偷想象和她结婚的情景。

我约了几个男同学到学校附近的小食堂，点了两个菜、一瓶白酒，在酒精的刺激下，我顺着酒劲告诉他们，我喜欢我的同桌李霞，他们怂恿我喜欢就要行动。我在晚自习写了一封情深意切的情书，趁着课间活动，偷偷地放进了李霞的文具盒里。

上课铃响了，我无心听课，偷偷看着李霞，心里既兴奋又紧张，期待着李霞快点打开文具盒，但不知怎么了，心里又不希望李霞打开文具盒。李霞终于打开文具盒了，发现文具盒里的信，眉头一皱，眼睛眨了几下，拿出来拆开。我赶紧把脸扭向一边，装作写作业，我的心里像有一只兔子蹦来跳去，尴尬得我给老师打报告去厕所，站起身快步走出了教室。

我在操场边上走来走去，心想，李霞看过了我写的情书，她的心里是怎么想的呢？她不会告诉老师吧？停了好一会儿，上课铃声响了，我硬着头皮走进了教室，刚好看到李霞瞪着我，我低着头赶紧坐到座位上，把脸扭向一边。

过了几天，依然没有什么动静，李霞好像什么事也没发生一样，上课、写作业，她不再像以前那样和我说话了。我没事就翻自己的文具盒，看有没有李霞给我写的回信，每次都很失望，心里很不是滋味。

星期天晚自习，李霞没来学校上课，我偷偷打开了她的文具盒。文具盒盖面上贴着一张字条，上面写着"谁动我的文具盒谁是狗"，我赶紧把文具盒盖上放回原处。

下晚自习了，李霞还没返校，我担心她是不是病了，于是叫上和李霞一个村的男同学奎民，一起去李霞家。骑着自行车走了几里路，终于到了李霞家门口。我不敢叫门，躲在奎民身后，让奎民叫门，李霞咳嗽着开开门。李霞说她感冒了，已经给老师请假了，问奎民找她干吗，奎民支支吾吾地说不清楚，我从奎民身后走出来说："李霞，见你没返校，我们就来看看。我没别的意思，你回屋休息吧，你感冒了要多喝水，那我们回学校了。"

李霞沉默了一会儿说："奎民，你们路上慢点。"说完转身关上了大门。我和奎民骑着自行车往学校赶。我得知李霞没什么事，也就放心了。

又是一个星期天，我到学校附近废弃的八角水库旁独自转悠。八角水库坐落在半山腰，是用一块一块青石垒成的，每块石头之间的水泥缝均匀平整，以前是用来储水灌溉田地用的。我凝望着八角水库很长时间，是它让干旱的土地不再干旱，是它让农民吃饱了肚子，如今虽说已经废弃了，但成了很多人观赏的奇迹工程。

我躺在八角水库边的石板上，仰望着蔚蓝的天空，心里浮想联翩，想到了李霞。李霞不回我信，我明白原因，人家是个爱学习、懂事的女孩，我不应该那么冲动给她写信，可我确实是喜欢李霞，我的学习成绩不好，李霞怎么会喜欢我呢？唉，不想了，不想了，我站起身在八角水库旁走来走去。

进了教室，想趁晚自习时间写篇文章，打开文具盒的时候，我惊呆了，我不由得扭头看了李霞一眼，正好和李霞四目相对，李霞的脸一下子就红了。李霞低下头写作业，脸有意识地扭向一边。我激动地打开字条，是李霞写给我的。李霞告诉我，我们这个年纪不适合谈情说爱，要把精力放在学习上，说我的文采很好，她希望我多发表文章，只要努力学习，即使考不上学，也无怨无悔，将来也一定会有出息的。

我看了几遍字条，被李霞的话感染了，我挥笔写了一句话：李霞，谢谢你，我知道自己该怎么做了。

我鼓起勇气把字条当即递给李霞。

在不长的时间里，我在报纸、杂志上发表了好几篇文章。快中考的时候，我和李霞来到了八角水库旁。李霞问我准备填什么志愿，我告诉李霞，如果考不上师范学校，就去上职高。李霞赞同我的想法，说我有专长，将来一定会有成就的。

一个月后，我考上职业高中，李霞考上了重点高中。

后来的我们，各自都结了婚，成了家，见面的机会少之又少。我时

常会想起属于我们那一代人的青涩年华，那些人那些事，让人回味，让人
难忘。

烟火岁月

闲暇时我就会想一些事情，想想大半辈子的得失荣辱和成败，想想深深埋在心底里的人和事，我喜极而笑，我悲极而泪……从母胎诞生来到世间，在岁月年轮里慢慢识得人间烟火，融入人间烟火，享受人间烟火酸甜苦辣的味道和幸福。

人间烟火味，最抚凡人心。市井百态，寻常生活，最能抚慰世俗人的思想。身心疲惫了，看看路上的车水马龙，步入大自然的山水之间，感受生活的烟火味。袅绕缤纷、至繁至简的烟火气最深入人心、最难舍难分。

夕阳西下，黄昏到来，夕阳有诗情，黄昏有画意，万家灯火，炊烟升起，几个友人坐在篱笆墙内的农家院，围坐石桌旁，端出你的美酒，道出我的故事。

我八九岁就跟着母亲学做饭、做家务，烙葱花饼、擀面条、炒菜，样样都会。做饭、做家务的时候，我不忘打开收音机，听故事、听歌曲，脑子里会思考很多东西，想着怎样才能把饭菜做得可口，怎样把我思考的东西写成文章。

上初中时，我在报纸上发表了一篇散文，全校都轰动了，那时的我有些飘了，逢人就说我要当作家。后来当了兵，写日记、写作的习惯从未间断。部队送我到报社去学习，写作能力提高了不少，再后来，转业到地方一家报社上班。经过多年的坚持和努力，我在刊物上发表了不少文章，出版了小说集、散文集。

日复一日，年复一年，我渐渐步入中年，不爱运动的我从医院出来后，习惯了每天一个多小时的运动，散步、骑车、游山玩水。

从这时候起，用柴米油盐的味道，酿造诗意满满的烟火岁月，成了我的追求。于是，我翻出一摞摞往昔的日记本，打开一本本发表文章的剪贴本，坐在窗前，翻看着，沉思着，酝酿着，心里想着，怎样把烟火岁月里的故事墨入篇章。

我慢慢地翻看着日记，身心陷入了对往昔故事的回忆，时而大笑，时而沉默，时而落泪。我种的向日葵在微风中向我点头微笑，蝴蝶和蜜蜂在鲜花丛中飞来舞去，树上的小鸟叽叽喳喳叫个不停，像在提醒我，中午了，该吃饭了。

我起身走进厨房，不一会儿的工夫拌好了一盘黄瓜，炸好了一盘花生米，倒上一杯凉啤酒，一边喝酒一边看电视。喝了几杯，又去下了一碗面，浇上一勺十香菜辣椒水作为主食。十香菜独有的清香和面条的面香混在一起，那个香啊，直沁心脾，香不可言。

柴米油盐百味烟火，清风明月诗画人生。农民的深耕细作，才有了馋人的丰盛菜肴；工人的辛勤劳作，才有了我们的穿衣和住房；军人的保家卫国，才有了我们的安宁和幸福……

整理《岁月墨痕》书稿时发现，属于我的岁月故事虽说平凡，却透着浓郁的烟火气息。我们每个人都有自己的烟火岁月故事，不管是精彩，还是暗淡，我们都要感恩大自然的馈赠，感恩烟火岁月带给我们的幸福感和收获感。

凡尘俗世中，谁也逃不过柴米油盐这些琐碎的生活。失去青春的那一刻，梦想就已经破灭了，曾经年少时的梦想，像沾了泥土的蒲公英，再难飞扬。现在的生活未必是自己想要的生活，可想活成理想的样子本就是奢望，又有几个人能一辈子去做自己喜欢的事情呢？索性不再执念，便开始忙于生计，谋生的路上不抛弃良知，谋爱的路上不放弃尊严，活得洒脱，还有几分闲情消磨时光，已是生活的厚爱了。生活中的美意，都是烟火岁月中最接地气的事物，也最有脚踏实地的感觉。啥时候，我们都无法脱离生活的烟火气息。

寒来暑往的岁月，酸甜苦辣的人生，看累了都市里的钢筋水泥，就到山水之间、田间地头，看看村落里的老屋，听听鸡鸭鹅猫、猪牛马羊的叫声，登高望远，坐在小溪旁泡个脚，哼首歌，放个屁，打个漂水石，释放心中的不开心，释放灵魂的自由。

用爱心和良知过好生活的每一天，用激情点燃属于自己的那份烟火，用心用情，给烟火岁月赋予美丽的诗情画意。

烟火岁月中，静下心来，长长的路，慢慢地走。

小棉袄

时光荏苒，岁月如梭。我的小棉袄、宝贝女儿，转眼间，已经走过二十二个华丽的青春年华。

二十二年前凌晨两点，一声清脆的啼哭声，划破了医院黑夜里的宁静，女儿这个幼小的生命诞生了，坐在医院走廊里的我激动万分，为女儿的出生感到幸福。

我和妻子最大的快乐，就是逗女儿吖吖学说话，看她歪歪扭扭学走路。当女儿喊出"爸爸""妈妈"的那一刻，是我和妻子最幸福的时刻。看着几个月大的女儿熟睡中偶尔莫名甜甜的笑，我和妻子不解地问母亲，母亲说，这是观音菩萨在逗孩子玩呢。

不知不觉中，女儿上幼儿园了，我和妻子轮流接送女儿上幼儿园。儿子上一年级，回到家里，一双儿女会为了玩具而争执，有时急了，女儿还会抬手打她哥哥，儿子马上认输不再和女儿争夺玩具。妻子站在一旁说："这丫头，得慢慢说她了，女孩脾气坏可不好。"我还替女儿抱打不平，说长大就好了。

儿女给家里增添了热闹和幸福感，只要回到家里，我心里所有的烦恼都会马上抛到九霄云外，躺在床上看电视，儿女就围着我打闹。刚五岁的女儿围着我，学着记者的模样采访我，拿着电视遥控当话筒，问我："爸爸，我采访你两个问题，一、我观察到，您和我妈妈在家里几乎很少说话，请您说说，你们的婚姻幸福指数是多少颗星？"

我和妻子都笑了，我回答道："十颗星啊。"

女儿摇着头说："您似乎没有说实话，那好吧，第二个问题，请问白总，最近您公司要拍片子吗？"

我笑着说："最近要拍一部文艺微电影。"

女儿转头说道："观众朋友，我们期盼白总早日拍出电影，早早与大家见面，让我们拭目以待吧。"

我抱着女儿问道："乖女儿，你说的拭目以待是啥意思？告诉爸爸。"

女儿犹豫了一下，挠着头说："我看电视里这样说的，是等待的意思吧。"说完女儿有些不好意思地跑开了。

有一次，我带女儿去见我的一些朋友。中午吃饭时，朋友劝我喝酒，女儿马上就哭了，哭着说："我妈妈不让爸爸喝酒。"闹着要回家，惹得大家哈哈大笑，夸我的女儿太懂事。

女儿从小学到初中、到高中，都是通过自己的努力学习考上重点中学的，没让我和妻子操过心。我要开车接女儿，女儿不让接，说我忙，学校离家不远，自己坐车回家。

周末了，女儿跟着妻子学做饭、做家务。有意思的是，儿子做事节奏慢，女儿会毫不留情面地批评他，还找我告状说："老爸，快管管你宝贝儿子吧，做事拖泥带水的，都把他惯成什么样子了。"

女儿和我有说不完的话，有空了，我就教她怎样写作，教她怎样做人，给她买些有关女孩子成长的书。和别的父母一样，我担心女儿早恋，女儿总是大大咧咧地说，让我们放心，她心里有数，答应我和妻子，等她大学毕业参加工作了再谈恋爱。

就在女儿升入高三的时候，我公司项目投资失利，破产了，女儿的话似乎少了很多，会经常发信息鼓励我，说我是个有才华的老爸，失败不可怕，说我一定会东山再起的。女儿，你可知道，我看着你发的短信，流泪了，我也更加坚强了。

　　女儿送给我了两本书，一本是《谁动了我的奶酪》，一本是《只赢不输：全球25位创业明星"事业生活两不误"的秘密》，我看了好多遍。

　　女儿没有让我和妻子失望，终于考上了一所传媒名校，学的是编导专业。大学四年，她发奋学习，勤工俭学，年年拿到奖学金，给她爷爷奶奶买衣服、买好吃的，还给妻子转钱，劝妈妈脾气要好点，说女人脾气好会旺夫，感动得我妻子直抹眼泪。

　　女儿大学毕业后到了电视台工作，说要边工作边考研，我和妻子为有这样的宝贝女儿、小棉袄而感到骄傲和自豪。

朵朵葵花向太阳

步入中年，白发就多了起来。星期天到理发店去焗油，理发店的师傅是个小伙子，很有礼貌，手艺也好，热情地向我打招呼。等了一会儿，轮到我理发了，戴好围裙闭上眼睛，任凭理发师手中的推剪在我的头上推来推去。

理发师傅轻声说道："大哥，油抹好了。"

我睁开眼睛，看了镜子里的自己一眼，走到理发店门口坐下，静等时间到了好洗头回家。

炎炎烈日下，步行街上的人还是很多，我看到不远处一位挑着两个篮子的大爷走过来。大爷脸上淌着汗水，明显地看出，他走了不少的路。

理发店对面是一家服装门店，防盗门紧紧关着，门上面贴着"因家中有事转让"的告示。大爷走到这家服装店门口停下，把两个篮子放在地上，摘下草帽，拿着毛巾擦了擦脸上的汗珠，从篮子里拿出了两个向日葵盘放好，拿出一个小马扎凳坐下。

我对向日葵有种说不清、道不明的情愫。我每年都要种向日葵，向日葵没有玫瑰花的浪漫奔放，没有牡丹花的雍容华贵，没有蒲公英的潇洒自由……向日葵有的是对太阳的永久追随，有的是那种朝气蓬勃、乐观向上的精神。

记得小时候，到了四五月份，我就会把向日葵的种子先是沾了水，再种在我家房前的一块空地里，放了学，就会去给它浇水，心里盼着向日葵的种子快快出土发芽。一个星期过去了，种子终于出土发芽了，长出了两片嫩嫩的绿芽。又过了些天，向日葵长高、长粗了，长大了的叶子变成了深绿色，一阵风吹来，桃形的大叶子随风摇曳，绿色的花盘面向太阳甜甜地微笑着，就像跳舞的姑娘一样好看。

眼前的买卖声打断了我的回忆，一群人围着卖向日葵盘的大爷问个不停。我站起身走了过去，看到一个五六岁的小女孩蹲在地上，用手轻轻抚摸着向日葵饱满的瓜子颗粒，她妈妈正和大爷讨价钱。

"大爷，能便宜点不？我买两个。"

"我没多要呀，那好吧，就照你说的价钱给你两个。"

小女孩抬头看着妈妈说："妈妈，你就不要和爷爷说价钱了，我们老师说了，要尊老爱幼。"

小女孩说的话引来大家一阵的夸奖。妈妈笑了笑，掏出五十元钱递给卖向日葵的大爷，大爷忙着找钱，妈妈连忙说不用找了，拉起女儿离开了。

买向日葵的人群渐渐散去，大爷的篮子里还剩下三个向日葵盘，我掏钱全买下了，大爷抬头看了看我说："你也爱吃新鲜瓜子啊。"

我点点头说："是啊，大爷，我家门前种的向日葵长的高度还不到一米呢。"

大爷看着我说："自然种植长得慢，我这是大棚种植的，成熟得早。"

我说道："大爷，您可真了不起。"

大爷一边收拾篮子一边说："没啥，我喜欢向日葵。"

我从大爷的话中得知，大爷的家离这儿不太远，我请求大爷等我洗完头，到他家去看向日葵。

我和大爷走了不长时间，到了城乡交会处的一个村子，来到了他忙碌了大半辈子的地里。嗬，一整片金黄色的花海展现在我的眼前，是向日葵。向日葵开得很茂盛，一朵挨着一朵，向日葵的盘状花序总是向着太阳的，花心里也是栖满阳光。走近向日葵，我看见花盘上一个个头顶花粉的小花柱，褐色的小蜜蜂和五颜六色的蝴蝶在上面飞舞着。

眺望一眼望不到边的向日葵形成的花海，我的心里有种"阳光倾城"的感慨。不管是阴天还是雨天，只要看到了向日葵，心里瞬间都会豁然开朗。我痴迷地看着鲜艳闪亮、深深浅浅的橙黄色花海有节奏地随风舞动，微笑着向太阳时不时地掀起金黄色的波浪，我抬头望天，感叹道，万物生长靠太阳啊。

回到大爷家里，慈祥的大娘忙着倒水、做饭。我起身拉着大娘说，我喝点水，拉会儿家常就要回家了，不用做饭，大娘端着一盘新鲜的葵花子放在红方木桌上说："那你吃点瓜子，刚剥下的。"

拿了一粒瓜子放进嘴里，清香甘甜的味道沁入味蕾，欲罢不能。我和大爷、大娘聊天得知，他们在外工作的儿子从小学到上大学，都是靠他们俩种植向日葵卖钱供养的。儿子大学毕业后，到了一家国企工作，家里就剩下大爷和大娘相依生活。

大爷凝望着远处的向日葵说："我喜欢向日葵，它就像我们的孩子一样。"

大爷和大娘送我走的时候，说是村上的年轻人通过直播、电商，把成熟的向日葵卖得差不多了，可大爷还是坚持每天挑着两篮子向日葵盘走街串巷，叫卖上几声，说是习惯了，要是每天不出去转转，就觉得心里憋得慌。

拉　水

儿时的记忆里，水是十分珍贵和缺少的。我的家在中原地区的一个小山村，地下缺乏水源，每家每户都在地势低的地方挖一个一米多深带着壁穴的水窖，水窖挖好后用水泥粉刷几遍，防止漏水，水窖上面盖上一块石板，以防伤到人。

下雨了，我和弟弟跑到自家的水窖旁，山坡上的黄泥水流进水窖里，水窖里发出沉闷的流水声，看了一会儿，我站起身对弟弟说："这下咱家就有水吃了，走，回家吧。"

家里吃水都是大人用扁担去水窖挑水。水缸需要五六桶水才能装满，大人干活回到家满头大汗，拿着脸盆舀半盆水，洗罢脸，用湿毛巾擦个澡、洗个脚，盆里的水要不倒进灶屋的煤池里和煤用，要不浇到院子的菜地里。

天旱得厉害，很长时间没下雨了，水窖里的水浅得可以见底，无法打进水桶。叔叔用绳子捆住我的腰，把我放到水窖里，我拿着小盆往水桶里舀水，叔叔用绳子把舀满水的铁桶提上去，再挑回家里。水窖里的水彻底没有了，家里的日常用水出现困难，大人们挑着水桶走很远的路，到村外快要干涸的小水坑那儿挑水。村外水坑的水终于挑完了，吃水便成了令人头疼的事情。

拉水的工种出现了。我们家有个很大的圆铁桶（油桶），圆铁桶上面有一个小方槽口，后面底部有一个出水管，爷爷把圆铁桶固定在架子车上，套上家里的小毛驴，到村外几里地有水源的村庄去拉水。爷爷穿着胶鞋提着水桶穿梭在水井旁，把一桶一桶的水装进大圆铁桶里，忙活了大半天，终于把大圆铁桶装满了水。爷爷蹲着吸一锅旱烟片，起身赶着毛驴往家走，回到家里，把铁桶里的水一桶一桶倒进水缸里、大盆里，拉一次水够家里吃上几天。

到了冬天，水井周围都是冰滩，一不留神就会摔跤，拉水的人冻得面红耳赤，瑟瑟发抖。

我爷爷是个热心肠，经常帮助村里孤寡老人家里拉水，被帮助的老人知道我爷爷不会要他们的钱，就事先买两盒烟硬是塞给爷爷，爷爷不便多说啥，也只好收下。

往后的几年里，生活条件好了些，家家户户都在自家房屋附近挖了蓄水池，不管是截流房顶上的水还是拉水，一池水至少能让一家人吃上大半年，大人、小孩也敢浪费点水冲个凉水澡了。

新时代新气象，家乡发生了天翻地覆的变化，国家实施"水、电、路三配套"的乡村振兴目标，实现了家家通水、通电、通路的"三通"规划。村里水泥路户户通，超市、健身广场、露天剧院样样俱全。政府在村子里打了两口水井，户户装上了自来水，家家都用上了水冲卫生间，彻底告别了毛驴、架子车拉水的历史。

春夏秋冬

一年四季，春夏秋冬，这是大自然的奇妙定律。

春天悄悄地来到了我们的身边，来得安静自然。贵如油的春雨飘飘洒洒地落在大地上，滋润着万物。春天给灰色的大山换上了翠绿的新装，处处是泥土的芬芳，山青水绿，花朵舒枝展叶、含苞待放，田野里的青青麦苗和小草，迎着暖暖的春光打着哈欠伸直了腰。

春天，是一切生命的始端，春意盎然，将唤醒、孕育万物的生长。

明无名氏《白兔记·牧牛》有说："一年之计在于春，一生之计在于勤，一日之计在于寅（清晨）。春若不耕，秋无所望；寅若不起，日无所办；少若不勤，老无所归。"

《风雷》有说："一年之计在于春，早作安排迎春耕。"

《大刀记》有说："一年之计在于春。变工组的农民们，一嗅到春天的气息，全来了精神。在任何情况下，他们总是不违农时的。"

春天走了，夏天带着它固有的热浪来了，久违的蝉鸣响起来了，太阳极力地展示着它酷热、毒辣的光辉，百花依然自我地争着艳，玉米、红薯、黄豆、小草弯着腰、低着头，享受着暴晒的阳光。万物心里明白，不晒太阳、不出汗，它们就不会苗壮成长；知了声嘶力竭的叫声似乎在诉说，它的一生中大部分时间以幼虫形态穴居在地下，待了几年甚至十几年，现在才爬出地表，爬到树上，开始"金蝉脱壳"的历程。

太阳看到万物酷热难耐，心软了，找了雷公和龙王，大雨、中雨、小雨轮番而来，让万物顿感凉爽。

戴复古的一首诗说："天嗔吾面白，晒作铁色深。天能黑我面，岂能黑我心。我心有冰雪，不受暑气侵。推去北窗枕，思鼓南风琴。　千古叫虞舜，遗我以好音。"太阳能把皮肤晒黑，岂能把"心"晒黑？心里有了"冰雪"，还会怕酷暑吗？

"一年好景君须记，正是橙黄橘绿时"，不知道什么时候，秋天拨开夏日的纷扰，姗姗而来。

秋天让整个大地洋溢着丰收的喜悦。看啊，玉米像一排排卫士挺拔矗立，怀抱硕大的玉米穗；片片金黄色的稻谷在秋风中向人们点头微笑；红苹果、黄梨子在秋风中羞涩地告诉人们，它们成熟了；石榴在秋风中向人们咧嘴欢笑……

秋天撵走了炎热的夏天，秋天是风的世界、雨的天堂。秋天送来了珍珠般的露珠，给人们送来了秋日的凉爽。秋高气爽，五彩缤纷的红叶、绿叶、黄叶在空中尽情地飞翔，洋洋洒洒飘落到大地母亲的怀抱。

"树高千丈，叶落归根"，一首诗中写道："落红不是无情物，化作春泥更护花。"辛勤的人们把落叶和黄土放进猪圈里，在日晒雨淋和冷热交替中不断腐热，生成粪土，守护来年农作物的生长。

冬天来了，冬天孕育着来年的春天。

漫天飘舞的雪花，洁白如银，晶莹透亮。走在积满雪花的路上，脚下发出"嘎吱、嘎吱"的声响，索性躺在雪地上打几个滚，堆个雪人、打个雪仗，都是十分惬意的事情。冬天是有点萧条，哪里都是灰蒙蒙的、光秃秃的，梅花为了不让白雪寂寞，傲立雪中，含苞待放。

柳宗元写的诗句说："早梅发高树，迥映楚天碧。朔风飘夜香，繁霜滋晓白。欲为万里赠，杳杳山水隔。寒英坐销落，何用慰远客。"梅花为了点缀严冬的冷清和美好，不惧严寒、傲立雪中，尽情绽放。

"冬天麦盖三层被，来年枕着馒头睡"，白雪覆盖了翠绿的麦苗，来年

3

又是个丰收年。

人们在严冬里养精蓄锐，到了冬末，家家团聚，万家灯火，过上一个收获感、幸福感满满的丰收大年。

春天带给人们的是生机和活力，夏天带给人们的是酷热和娇艳，秋天带给人们的是凉爽和收获，冬天带给人们的是严寒和孕育。

有了春夏秋冬，才是完美的一年。

有了春夏秋冬，才有了一年的四季，才有了热冷凉暖交替的别样的滋味，有了滋味才有了生活的意义。

百年人生

　　人生百年，要遇到多少人，要经历多少事，说不清楚，只要我们有能力支撑生命，就会历经沧海桑田，看遍无数风云变幻。每一个人的生命长度都是不一样的。能够在有生之年看到自己生活的空间发生着戏剧性的变化，感受时代的变迁带来的巨大震撼，是幸运的，是难能可贵的。

　　一百年是十个十年，我们的生命按一百岁来算，命轮以十年为一个阶段，人生百年就是十个阶段。

　　零岁至十岁的岁月里，我们呱呱落地，喝着妈妈的奶水一天天长大；在爸爸、妈妈的鼓励下，学会了站立、走路和说话，无忧无虑地上幼儿园；在父母的爱心唠叨下，我们去学习、玩耍、睡觉，常常经不起诱惑去看电视、玩手机、打游戏。

　　当我们遇到各种困难时会犹豫不决，抢先喊着、叫着告诉爸爸妈妈。等长大了点，当我们遇到课文不会背、做错题被老师批评时，会独自一个人哭鼻子，而不去告诉爸爸妈妈……

　　十年过去了，我们从婴儿开始慢慢地长高、长大，在爸妈和老师的鼓励和表扬下，成长为小小少年，还会时常学着大人的模样和口气说："我能行！"

　　十岁至二十岁的岁月里，我们从小学到中学、到大学，或是到部队当了兵，我们会在不同的环境里，怀揣各种梦想，在叛逆的青少年期努力地挣扎着，想活出自我。岁月的磨砺让我们树立了世界观、人生观、价值观，潜移默化地形成了不一样的性格，激情四射地谈论理想和目标，努力学习和奋进，为了记录自己的生活、思想行为和情感而写下秘密日记。

十年过去了，我们从懵懂少年慢慢地长成了怀揣梦想的成年人，开始步入各自不同的生活轨迹。

二十岁至三十岁的岁月里，我们或是到大学求学，或是到部队当兵，或是走上了不同的工作岗位，才会深深感到"理想丰满，现实骨感"这句话的真正内涵，于是，我们都在努力生存着。工作、婚姻这些生活中的大事，在父母的唠叨中全都抛到我们的头上，努力工作、用心恋爱就成了我们这个时期生活的主旋律。

十年过去了，我们从单身到结婚成家，在计算着柴米油盐、听着婴儿哭闹声中，不知不觉地步入而立之年的行列。

三十岁至四十岁的岁月里，我们彻底摆脱了过去的稚嫩，真正地成熟起来，觉得生活过得比以前有意思了。事业、爱情和生活都基本稳定了，事业开始攀升到新的高度，越来越顺利，生活品质越来越高。四十岁是不再听你怎么说，而是看你怎么做，你说你爱我，那么你愿意为我做什么来证明你的爱。爱人之间不会一味地索取，应和对方一样去付出。四十岁的人生，真的会无比精彩。

十年过去了，中年的我们养育了儿女，方知报答父母的养育恩，会时不时给父母尽点孝心。

五十岁至六十岁的岁月里，岁月悠悠，芳华已逝，须臾之间，人生过半。我们原以为年轻时操劳些、忙碌些，就能在老之将至的日子里过得稍微舒服些，但是命运从不会因为我们上了年龄，到了知天命的年龄而轻饶我们。

我们已经算不上年轻，每个人或多或少都开始怀旧，回忆往昔的岁月故事，身体隔三岔五犯毛病。五十岁到六十岁算不上老，你不挣钱谁都将看不惯你。上有老下有小的我们要孝顺父母，要操办儿女的婚事，要帮着带孙子和孙女，时不时还会担心自己的身体。我们身累心累，说出来矫情，不说憋屈，干脆沉默不说。

十年过去了，我们要想开些、看淡些，把自己的心情经营好，四处走走、看看，多点时间融入大自然中，吸万物之精气，养好自己。

六十岁至七十岁的岁月里，我们不再有年少的狂妄和青春的浪漫，心境变得坦然和宁静，开启了心酸和无奈的生活模式，情绪和精力会被子女、亲人的生活牵动着走。

孔子说过"六十而耳顺"，看不惯的事情、听着不顺耳的话对我们的影响似乎不大了，甚至渐渐地习惯了。儿女们多半都会来陪我们了，关心我们了。

逐渐失去的健康和对生命的一种莫名的恐惧，也会时不时地消耗我们一些身心。

十年过去了，愿我们能理解、辨明生活中的是非曲直，听得了逆耳的话语，活在当下最为重要。

七十岁至八十岁的岁月里，我们走过了无忧无虑的童年、艰苦创业的青年、略有成就的中年，身不由己地步入年老体衰的老年，这都是人生的必经过程。心路历程中，有的人顺风顺水，大获全胜；有的人历尽沧桑，小有成就；有的人煎熬一生，到头来却是一无所有。

"人生七十古来稀，问君还有几春秋？"这句话似乎不完全有道理，而今的新时代、新社会里，随着医疗卫生水平的进步和提高，人的寿命已大幅度地提升，百岁老人也越来越多。

人到七十岁根本不算老，我们更应该珍惜年华，强身健体，力所能及地做些有益家庭、有益子女、有益社会的事情，身心健康了身体就健康，心里只要有梦，无论什么时候，生活都是美好幸福的。

十年过去了，我们都觉得自己折腾了一辈子，年老了还不愿去歇息。其实，我们都不想让自己的人生留下太多的遗憾，让自己的生命无意义地荒废掉。

八十岁至九十岁的岁月里，我们都老了，头发白了，整天睡意浓浓，夏天靠墙晒太阳，冬天围坐炉旁取暖，回味往昔的岁月情怀，有的依旧健康无比，有的多病瘦弱。

《礼记·礼运篇》中提倡"老有所养"，人到老年，如何老有所养、老有所依、老有所靠？我们真正能依能靠的就是自己的健康、儿女们的孝心和无微不至的照顾。

十年过去了，我们就要从九旬老人跨向百岁老人了。

九十岁至一百岁的岁月里，一个人倘若能活到一百岁，是一种福分，更是很多人的向往。此时，我们快一百岁了，已经走到了人生的边缘，无法预知自己还能走多远，寿命是不由自己的，但我们都很清楚，我们就快要"回家"了。我们自然是经历了很多人都没有经历的事，看到了很多人都没有看到的事，也就把人生的一切都看淡了，变得云淡风轻，变得淡定、从容，活得很豁达、很通透。

有位名叫幸枝的老人，八十岁开始学水彩画，九十岁开始学数独，一百岁的时候还在写书。在学水彩画时，幸枝老人每个月要上两次函授课，需要按照老师布置的作业来画画，并让老师修改，一直坚持到九十二岁。可见，人生有目标、能自律的人是有益长寿的。

十年过去了，我们有可能跨过百岁，依然还健康地活在世上……

有一位国学大师说过，于一粒沙中望见世界，于人生的间隙中看到众生，于走向虚无的那一刻彻底顿悟，这也许就是人生百年吧。

蜜　蜂

　　工作之余，熬夜、加班加点地写作是我的爱好，可是连着向报纸、杂志等媒体投的很多篇稿子都是石沉大海、杳无音信，让我很多时候想放弃写作，觉得发表文章对我来说是遥不可及。

　　好些天没有再写作，一个星期天的早上，望着窗外发愣。

　　忽然发现窗户旁边有一只蜜蜂飞来飞去，不停地向玻璃窗上寻求着出去的路，嗡嗡地乱叫乱撞。蜜蜂一会儿在光滑的玻璃窗上艰难地爬来爬去，一会儿飞向空中，就这样不知疲倦地飞来飞去，过了一会儿，蜜蜂干脆趴在窗玻璃上一动不动，像是飞累了。

　　看着趴在窗玻璃上求生的蜜蜂，让我想起"蜜蜂趴在玻璃窗上，有光明没有前途"这句话。我何尝不是呢？爱写作、爱熬夜，可到现在还没有发表一篇文章，我的处境和受困的蜜蜂是一样的。

　　我想站起身打开窗户，让可怜的蜜蜂飞出去。我正要开窗户，发现一块玻璃角处有一个小孔，我没有起身开窗户，而是静静地观察着蜜蜂。蜜蜂歇够了，又开始飞来飞去，横冲直撞，挣扎着想飞出去，我自言自语地对蜜蜂说："小精灵，窗玻璃上有个小孔，从那里飞出去啊。"

　　蜜蜂飞了一会儿，终于发现了窗玻璃上的小孔，嗡嗡地飞了出去，我心里一阵欣慰。蜜蜂通过不屈不挠地寻找出路，终于战胜了困难，获得了胜利。

我伸了个懒腰，起身用冷水洗洗脸，打开电脑，敲打着键盘和鼠标，开始写作了。

石头馍

20世纪70年代，叔叔要结婚，家里的房子实在是住不下，爷爷下决心盖一所瓦房，于是，爷爷领着几个儿女起早贪黑地制砖、烧砖。几个月过去了，一块块黄泥土砖终于出窑了，被烧成了一块块青色砖块。爷爷把自己种了几年的大树伐了几棵晒干做房梁用，奶奶把爷爷平时赶马车、卖荆条耙的钱拿出来，我父亲把当民办教师挣的工资给了爷爷，盖房的钱总算是凑得差不多了。

盖房动工的日子到了，村上的石匠开始凿石扎房根基，奶奶和我母亲在家里做饭，石匠挥舞着手中的钢錾和铁锤，叮叮当当声中，一块块方方正正的石块锻凿成了，没过几天，半米多高的青石头房根基建成了。爷爷和叔叔拉着架子车，把烧好的青砖运到房根基旁堆好。

经过村上的匠人十多天的忙碌，房子的墙终于垒起来了，就等着上房梁、建屋顶了。

我们一大家人坐在爷爷和奶奶住的土窑洞里，爷爷说已经看好了上房梁的日子，有两天的准备时间，让我父亲在主房梁上写上盖房的时间，再去买一张毛主席像。

我母亲和奶奶要蒸房梁馍，我和弟弟到离家不远的河沟里拣鹅卵石。

奶奶把鹅卵石洗得干干净净，用和好的面包上，揉成比拳头小点的小馒头，放进蒸锅里。我问奶奶为什么要包鹅卵石，奶奶说，蒸房梁馍包上石头，也叫石头馍，预示着房梁结实、盖的房子结实。

上梁的那天，我爷爷早早起来，把毛主席像贴在新房堂屋的墙中间。盖房的匠人们一个个都来了，吃过早饭，各自分好工，瓦工们有人上房墙，有人在房下用粗绳子把主梁捆好，准备往墙上架设（上房梁）。村里的男女老少有说有笑地等着抢房梁馍。

房子的主梁两头分别贴着一个"福"字，中间拴着两根红布条，匠人们把主梁的两端固定在山墙上。刚好到吉时，五叔点燃挂在树上的鞭炮，噼噼啪啪的鞭炮声响起，爷爷喊着："吉时到！都来抢房梁石馍了，抢房梁石馍了……"

上房梁到了最高潮，来抢房梁石馍的父老乡亲欢呼着，房前、房里、房后都挤满了人，一个个跃跃欲试，急不可待地等着抢房梁馍。

爷爷扯着嗓子高喊道："撒上梁石馍了，都来抢喽……"爷爷左手提着篮子，右手一把一把地抓起篮子里的房梁石馍，用力撒向人群。房梁石馍漫天飞舞，落在人头上的，掉在人身上的，打在人脸上的，落在地上的。喧嚣声中，人们你争我抢，乱成了一团。爷爷撒完一篮房梁馍，又提起一篮，喊着"上梁了，都来抢上梁石馍了"继续撒着房梁石馍。爷爷看到哪里有人没抢到，就有意往哪里扔，有人喊叫着："他二爷，往这里撒，往这里撒。"爷爷应着抓起一把石馍扔过去。

撒房梁石馍结束了，抢房梁馍的人们都气喘吁吁的，有人用衣服擦擦吃了起来，有人舍不得吃，留着房梁馍带回家里给小孩吃。大人们一个个都回家了，村上的小孩查着数，攀比着谁抢到的房梁石馍最多，匠人们忙着继续上房梁。

一所三间大瓦房终于盖成了，一家人都高兴得合不拢嘴，接下来，我爷爷奶奶又该忙给我叔叔娶媳妇的事了。

七色童年

我出生于20世纪70年代。那时候，没有电子产品，更没有网络，农村很多孩子的家里是买不起玩具的，我们就想办法自己制作各种各样的玩具，大自然就是我们的游乐场所。虽然是自己做的玩具，但我们玩得非常开心。

我四五岁跟着父母去田地干活，母亲让我在地头大树下一个人玩，他们在太阳下劳作。歇息的时候，母亲采几朵路边的野花、折几根柳树条，编成花环草帽给我戴在头上，说戴着凉快；当教师的父亲放下锄头，掏出钢笔在我的左手腕上画手表，我忍着痒说："啥时候我能戴上真手表就好了。"父母笑着说："会的，你再长大点就能戴真手表了。"

我是家里的长孙，爷爷奶奶和几个叔叔姑姑都很宠爱我。爷爷找来一小块松木，拿着鱼镰刀刻了好大一会儿，终于为我刻成了一个陀螺，拿着小鞭子缠好它用力一扬，陀螺就在地上转来转去，很是好玩。叔叔教我把一小段柳条拧几下，将柳树皮拧下来，一头压扁脱去树皮，噙在嘴里一吹，声音沉闷悠扬。

叔叔只要有空就会帮我制作各种玩具，用玉米秆扎眼镜，用自行车链子和铁丝制作火柴枪，用丫形树枝和皮筋制作弹弓，教我推铁环、叠纸飞机、叠东西南北；姑姑教我缝沙包、踢沙包、跳绳、抓石子，我每天有玩不完的玩具，每次都玩得满头大汗。

刚上小学的时候，上学的路上偶尔会看到拖拉机，汽车也见过，回到家里，我就一心想玩小汽车。父亲告诉我，用红胶泥可以刻小汽车模型，我就去我家房后挖了一些红胶土。红胶土很硬，先是洒上些水，等了一会儿，红胶土变得酥软了，我就在石板上揉啊揉，红胶泥块总算做成了。父亲说红胶泥得晾一会儿。时间差不多了，我拿着铅笔刀，想象着见到真汽车的模样，动刀刻制起小汽车模型。车头和车厢刻完后，我找来直溜点的木棍当车轴，用红胶泥做了四个圆圆的车轮子，经过反复的琢磨、细心的刻制，小汽车模型总算完成了。

我把自己制作的小汽车模型拿到学校，同学们围过来，看着我手中的"小汽车"，无比羡慕，让我教他们制作小汽车，我满口答应。因为这件事，老师表扬了我，鼓励我们班成立一个"玩具制作小组"，让我当组长。

上了三年级，天不明就要到学校上早读，那时候还没有电灯，都是端着煤油灯上早读的。我在家里开始想法制作煤油灯，找了个墨水瓶洗干净，该做灯芯了，我想了一会儿，然后翻箱倒柜，找到了一个破铁文具盒，用剪子剪了一个比墨水瓶口大一点的圆铁片，又剪了一块长方形的铁皮做灯芯筒用。我把剪好的铁皮慢慢裹在一根筷子上，找来小铁锤轻轻地把缝接处敲打严实，煤油灯芯筒完成了，接下来用粗铁钉在圆铁片中间钻了一个小圆孔，把铁皮灯芯筒穿进去，往墨水瓶里一放，刚刚好。我从母亲的针线竹箩筐里找来棉线，来回绕着，来回拧着，棉绳做好了，把棉绳穿进铁皮灯芯筒里，煤油灯终于做成了，倒上煤油点上，黄黄的火苗缓缓地发着亮光，我开心极了。等过完暑假开学，我就可以端着自己制作的煤油灯上早自习了，心里一阵激动和喜悦。

七彩斑斓的童年是快乐的、幸福的，是多姿多彩的，有说不完的往事，件件都值得我去回忆。童年趣事让我感慨、让我回味，可时光再也回不去了，回不去那个曾经纯真、快乐的七色童年了。

踏 雪

　　雪下得很大，用鹅毛来形容一点也不为过，大片大片的雪花给干燥的大地慢慢盖上了银被。雪足足下了几个小时，出门望着远方，大地一片银白，白得耀眼，到处是玉树琼花、银装素裹。雪的世界太美太美。

　　走在雪地里，脚下发出"咯吱、咯吱"清脆的声响，我忽然停住了脚步，有些于心不忍，我踩疼了白雪，我玷污了白雪的纯洁。

　　我无意中发现了雪地里的脚印，一双大脚印和一双小脚印。我顺着脚印往前走，走着走着，小脚印不见了，只剩下了一双大脚印。我蹲在雪地上看着脚印，想象中的画面慢慢地浮现在了眼前：

　　一对母子或是一对父女在雪中行走，儿子或是女儿走累了，妈妈或是爸爸不忍心儿子或是女儿累着、滑倒，弯腰背起了儿女往家走。

　　一对母女或是一对父子在雪中行走，母亲或是父亲走累了，女儿或是儿子不忍心母亲或是父亲累着、滑倒，弯腰背起了父母往家走。

　　雪地上一大一小的两双脚印，让我想象到了一幅尊老爱幼的画面，画面充满了生活感、温暖感、幸福感。

　　雪天里的空气很是清新，几只小麻雀在树枝上叽叽喳喳地叫个不停，它们是饿了，看到我这个不速之客闯进了它们的栖息地，惊慌地从树枝上飞走了。抬头看着它们的身影，我心里顿感一丝凄凉，大雪盖地，它们吃什么呢？它们会不会被饿死呢？唉，大自然定律，谁也无法去操控去改变它，就让一切都顺其自然吧，严冬过后又是阳光明媚、百花争艳的春天。

我继续踏雪前行，无意中又发现了雪地里有一排排丫形的脚印，是小鸟的脚印，小鸟的脚印旁边是梅花一样的脚印。我打量着几乎是直线的梅花脚印，这是猫的脚印，因为猫的脚是梅花状的，猫走的路线几乎是直的。我走着走着，看不到任何脚印了，眼前是一片杂乱的脚印，旁边猫的脚印又往回走了，我的脑海里又浮现出了一幅画面：

下雪了，几只小鸟实在饿得不行，就冒险落在雪地上，翻找虫子或是其他充饥的食物，一只流浪猫悄悄地过来想伏击小鸟，结果被小鸟发现了。流浪猫索性猛冲上去，跳起来试图狂抓小鸟，小鸟奋力起飞，最终躲过一劫，机灵地飞向了天空，流浪猫扫兴地掉头走了。

我踏着厚厚的积雪来到了村外的一条小溪旁，伸手除去小溪旁田地边上的雪，绿绿的麦苗露了出来，我不由得感叹道："冬天麦盖三层被，来年枕着馒头睡。瑞雪兆丰年啊！"

我看着雪中熟悉的小溪，心里很激动，听父亲说，它是一条暖溪水，已经有几百年了，溪水是从山上的泉水洞里流出来的，甘甜剔透，村里的人们经常来小溪边上取水，用于做饭和洗衣服。

这条百年小溪不惧严寒，活出了自我，无私地孕育出了种种生机。

我又来到了村里废弃的打麦场上，看见男女老少忙着除雪，小孩在堆雪人、滚雪球、追逐着打雪仗，很是热闹。

妻子喊我吃饭，我说："等我几分钟。"我躺在雪地里看了一会儿灰蒙蒙的天空，接着在雪地里翻滚起来。白雪啊，你洗刷我的灵魂吧；白雪啊，你除去我衣服上的尘垢吧；白雪啊，你撵走我满身的疲惫吧……

一群小孩和大人过来了，我妻子也过来了，人越来越多，他们都学着我的模样，躺在雪地里尽情地翻滚着、翻滚着……

一套天蓝色的西装

我的母亲苍老了很多，老得让我心疼，我不忍心仔细打量母亲。母亲的背驼了下去，头发几乎全白了，皮肤开始变得干瘪。

母亲在老家依然一刻不停地忙碌着，家里打理得干干净净、妥妥当当的。每天天刚亮，父亲便开始打扫院子，母亲在院子里拿着菜刀嗒嗒嗒地剁着青草，公鸡和母鸡咯咯地叫着，等着吃食，鸟叫声、剁草声、狗叫声、扫地声交织在一起，奏出了平凡和谐的农家序曲。

不知道从什么时候起，母亲的话渐渐少了，和年轻时候的她不一样了，喜欢看我做事情、听我说话，不再像以前一样唠叨我了。我心里知道，母亲是不自觉地慢慢承认自己变老了。

母亲的勤快和手巧在我们村是出了名的。在20世纪70年代物资匮乏的岁月里，家里拮据，母亲把柔情揉碎填进生活的坚强，让全家人吃饱肚子，是她日日夜夜要操心的事情。

我的记忆中，母亲是靠掐麦条辫、养鸡子、给别人裁剪衣裳、装石子车挣来的钱养活家的，父亲一个月的工资也就几十元，养活我们兄妹几个是不够用的。

我周末放学回到家里，母亲装完石子车扛着铁锨回来，不顾劳累，喊着我进了屋，拿出一套天蓝色的西装对我说："来，我给你做了一套新衣裳，快穿上试试，看合身不。"

眼前的母亲穿着打补丁的衣裳，一头黑发被装车时的土尘染得花白，满脸的汗渍，干活回来顾不上歇息，让我试穿她亲手缝制的衣裳，我的心揪着地疼，对母亲说："妈，您先坐下歇会儿，我这就穿。"

我拿起母亲给我缝制的衣裳，想起了母亲和村上几个妇女装石子车的情景，装完车一个人会挣到一块多钱，给我买布料做衣裳的钱需要母亲装多少车啊！想到这儿，我的眼泪流了出来，母亲拉着换好衣裳的我看个不停，嘴里不停地说着："很合身，很合身。"母亲看到我哭了，赶忙问道："儿子，咋还哭了呢？你写的作文发表了，得奖了，给我和你爹争气了。我早就说给你做一套新衣裳，钱一直没攒够。明天就穿着新衣裳上学吧。你饿了吧，我给你做饭去。"

看着母亲的背影，我心里五味杂陈，眼泪又流了下来。

我母亲年轻的时候非常美丽，皮肤白皙，有一双会说话般的清澈大眼睛，拉扯我们成长的艰辛把母亲的美丽磨去了。在我们成长的岁月里，更多接触到的是她那些无言的母爱，母亲把对我们兄妹几个的爱都渗透到了默默的行动中。

我创业遇到了挫折和困难，母亲坐车一趟趟往省城里跑，把平时积攒的钱硬塞给我，鼓励我要有担当，说天底下没有过不去的坎，做人只要善良、实在、勤奋了，总会得到厚报的。临走时还不忘给我买几盒安神补脑液，说我在外做事情费心、费脑，叮嘱我要照顾好自己的身体。

每当我遇到困难、不开心的时候，就会拿出几十年前母亲给我做的蓝色西装，静静地看着，轻轻抚摸着，想起母亲年轻时冒着酷暑装石子车的情景，母亲熬夜掐麦条辫、做衣服的情景。想到这些，我就会潸然泪下，想想那时候那么难，都没见过我母亲落过眼泪，我这些困难又算得了什么呢？心里的疙瘩和纠结顿时就会烟消云散。我就会情不自禁地打电话，告诉母亲，我们一家几口人要回老家歇些天，母亲和父亲在电话里开心地应着，说他们马上去买菜割肉，等我们回来。

竹　根

争艳的百花，丰硕的果实，茁壮的茎叶，离不开根。葱郁大树，生命起源，离不开根，世间万物皆有根。

种子落进地里，首先要长出的就是根。在雨水和阳光的滋润下，根默默地把各种养分传送给了茎和叶。根用自己孱弱的身子，同身边的顽石和瓦砾做抗争，无私地为茎叶、树干输送着养料和水分。狂风暴雨袭来之时，是根肩负着支撑茎叶的重任。

根深深懂得根深叶茂、根深蒂固的道理，因而总是默默无闻地深埋土里，从不炫耀自己的功绩，也不同花果、树木争名逐利，直到把自己奉献给根雕艺术或是大地。

万物生命之根亦是如此，只有根基坚固了，才会茁壮成长，延续到永远。

独自漫步在离家不远的山中竹林中，满山遍野的竹子粗如碗口，长得修长挺拔，郁郁葱葱，随风摇曳，竹影婆娑，伴随着"嗖嗖"的响声带来了一股清凉之风。风儿穿过竹林，送走了夏日的酷热，一瞬间，变得清香凉爽，变得含情脉脉，变得善解人意。

席地而坐，看着挺拔的竹子。竹子穿着青绿色的衣裳，身体里的空心寓意着人的虚心，笔直挺拔的身躯寓意着人的正直。风越刮越大，每棵竹子迎着大风依然挺拔矗立，始终没有向狂风点过头，弯过腰。

　　我抚摸着一根根竹子，抬头看着漫天的竹荫，低头想起了竹子深埋地下的根。

　　春天里，竹林里竹子毛茸茸的嫩芽从泥土里、乱石里钻出来，人们便会砍下竹笋，回家做个竹笋炒腊肉，竹笋具有清热化痰、益气和胃的功效。竹笋无私地奉献了自己，让别人获得了幸福。

　　竹根在大地里要深埋五年，甚至是更长的时间，根系在土壤里向下延伸十几米。竹笋一旦钻出地面，每天会以十几厘米的速度疯长。五年间，竹子看似没有出土发芽，其实它是在深深地扎根。

　　来年的春天，竹笋破土而出，一节一节地脱去外衣，疯狂地生长。一根根脱去笋衣外套的竹子翠绿挺拔，任凭狂风暴雨的吹打，炎炎烈日的暴晒，寒风冬雪的袭压。

　　竹身有多高，竹根就有多长；枝叶有多少，根就有多少。竹根长，才扎得深；竹根多，才挺得直。冬去春来，年复一年，竹根不断地吸吮着大自然的营养和水分，以此来壮大自己的躯干，增枝添叶。

　　竹子有了根深蒂固的根才会高耸挺拔、顶天立地、四季常青。

　　竹子可供人们建造竹屋、竹篱笆、造纸，编制各种工艺品，竹笋可供人们烧着吃，竹叶是国宝熊猫的美餐，竹子和竹根可供人们做药材，竹根可供艺人做成根雕艺术品，竹子为人类的幸福彻底地做到了粉身碎骨的奉献。

　　竹子虚心向上的精神值得学习，人的成长和进步理应如此。脚踏实地，把基础打牢，把根基扎深、扎实，路才会走得更稳、更远，才会经得起人生中的各种挫败和考验。成长逐梦的日子里，要学习竹子的厚积薄发，修行翠竹一样的品格，沉心静气，不断加强学习，积蓄足够的成长力量，做什么事都要能耐得住寂寞和孤独，提升自己，处处谦虚、正直，严于律己，为事业和工作的健康发展蓄足攀登的智慧和后劲，以取得更大的胜利。

　　我喜欢竹子的正直挺拔，更喜欢竹根的厚积薄发。

儿时的味道

　　父母已经七十多岁了，岁月无情地白了他们的黑发，驼了他们的脊背，花了他们的眼睛，少了他们的话语。

　　父母不习惯住在城里，在我家住不了三天，就会在客厅里转来转去，嚷着说老家的鸡子没人喂、狗没人喂、菜地没人浇水，像小孩一样央求着回老家。我心里知道，父母这是离不开生活了几十年的老家。

　　我们周末回到老家，父母早已站在家门口翘首期盼，拉着儿孙往家走，埋怨着说家里啥都有，我又花钱买这买那。

　　进了屋，父母就一个劲地让儿孙吃这吃那，拉了一会儿家常，母亲站起身说："你们坐着，我去给你们做饭。"父亲也站起身跟了出去。我走进厨房，看到案板上摆满了几盘洗净切好的菜，我要炒菜，母亲推着我说："你去歇着，整天上班累心，我和你爹一会儿就做好了。"

　　我知道母亲说一不二的个性，心里早已盼着吃到母亲做的饭菜，也就不再勉强。父亲点燃柴火放上锅，接过我递给的烟说："你歇着吧。"

　　不一会儿，母亲喊我们吃饭。进了厨房，熟悉的饭桌上摆放着竹笋炒腊肉、槐花炒鸡蛋、凉拌野菜、烧青菜，母亲擀着面条，父亲在往灶里加柴，母亲说："都快坐下吃饭，一会儿菜都凉了。"

　　我们让父母坐下一起吃，母亲硬是擀好面条才坐下。我给平时不怎么喝酒的父母倒了一杯酒，父亲和母亲端起酒喝了一杯说："有点辣，不喝了。"

儿子忽然叫道："奶，这盘菜太咸了。"

我瞪了儿子一眼摇了一下头，夹了一口菜放进嘴里，是太咸了，母亲连忙夹菜尝了一口，低着头像是犯了错误的孩子，不自然地说道："是太咸了，我肯定是放了两次盐，唉，这、这没法吃，我、我再炒一盘。"

父亲站起身要炒菜，我急忙让父母坐下，说道："不用了，这么多菜够咱们吃了，你们忘了，我小时候就跟着我妈学做饭，有一次炒菜，我把白砂糖当成盐放进锅里，把一锅莲花白炒成了甜菜，你们笑着把菜吃得一干二净。"

父母笑着说："想起来了，是有这回事，那时候你也就八九岁。"

母亲转过身对我的儿女说："你爸啊，小时候就会做饭，可勤快了。孩子，奶奶老了，记性差，你们吃别的菜。"

我笑着笑着，眼泪差点流了出来，心里沉沉的不是滋味。

妻子轻轻碰了我一下说："快吃饭吧。"

我往炒坏的菜里放了一些开水，吃起来不那么咸了，儿女们也抢着吃起来。

母亲起身要煮手擀面，我抢着起身煮面，母亲也就没再推辞。我搅动着开水里的手擀面条，一股特有的面香味儿飘过来，让我想起了儿时的味道。

父亲母亲慢慢地老了，可属于他们的味道依然没变，有童年的回忆，有儿时的乐趣。万物皆有味道，最幸福、最亲切、最熟悉的味道就是儿时的味道。

花　钱

人人都会花钱。

花钱如流水，不听哗啦声。如今手机一扫支付码输入密码或是人脸识别一下，钱就花出去了，时髦点说就是支付成功了。这种支付方式，多数时候让我找不到花钱的感觉了，如同睡醒了没有伸一下懒腰一样的不爽。

记得我小时候，一分、二分、五分的硬币是我的最爱。过年的时候，长辈给的压岁钱一般都是两毛、五毛，最多的是一元钱。挣到了压岁钱，心里自然是高兴不已，把折起角的钱币仔细地铺展开，按照面额的大小放在一起，把硬币和纸币数上好几遍，装进自己用牛皮纸叠的钱包里。

上小学时，二分钱可以买一块白色或是粉色的橡皮，我就不用再红着脸向同桌借了，借来的橡皮，擦掉了错题，同时也擦掉了我的面子。

夏天到了，有了二分钱，就可以在学校附近的路摊处，买一杯凉丝丝、甜滋滋的糖水或一杯清亮的茶水。老奶奶坐在树下扇着芭蕉叶扇子，过一会儿，站起身提起火炉上的茶壶，把空玻璃杯子倒满红色、黄色、绿色的甜茶水，再盖上四方的玻璃片，我手里攥着牛皮纸钱包，心里犹豫着喝还是不喝，老奶奶笑着对我说："小孩，可甜了，喝吗？"

我红着脸不吭声看着老奶奶，犹豫了一会儿，一咬牙，终于从牛皮纸钱包里掏出二分钱硬币递给老奶奶，端起一杯橙色的糖水一口一口慢慢地喝起来，糖水真甜啊。

　　喝完糖水，一个人坐在无人的地方，把牛皮纸里的钱数了又数，也不知道数了多少遍，学校的预备铃声响了，慌忙装好钱包，拍拍屁股上的土，向教室跑去。

　　上中学时，花一毛钱买两根"火车头"牌冰棍，自己吃一根，再悄悄给喜欢的女同桌一根。跑到学校门口的代销店里，花一毛钱买一小包塑料袋瓜子，上晚自习时吃。花钱最多的时候就是走几里地，到镇上的书店买复习资料，买几本书会花几块钱。

　　父亲和母亲决定把我们家的小牛犊卖掉，我心里一万个舍不得，也很无奈。买牛的老汉从怀里掏出一个黑皮包，里面装的是一沓沓整齐的十元面额的人民币。他唰唰唰地数了几遍钱，递给我父亲，父亲一张一张数好钱，说了声"刚好"，把卖牛的钱递给我母亲，母亲接过钱就回屋了。我心里想，什么时候我才会有这么多钱啊？

　　我18岁那年到新疆当了几年兵，转业回到地方电视台上了班，当了干部，结婚成了家，自制的牛皮纸钱包先后换成了钱皮夹、手拿包。快要过年的时候，我就会托在银行上班的朋友换些新钱，十元、二十元、五十元、一百元的都有，都是连号的崭新人民币，走亲戚时，给孩子们发压岁钱，给上门的新客发见面礼，换来的是鞠躬道谢和祝福，到处是喜气洋洋的景象。

　　如今的电商、网购，不知不觉地已经深入到了每个人的毛细血管里，浏览过一次的商品，几天内手机屏幕会无数次自动弹出推送消息，提醒着你未付款。每天送快递的、取快递的，像乡村集市一样热闹。见便宜就买，见优惠就购，看手机看到眼睛发涩发酸，点上几滴眼药水后继续看手机，滑到手抽筋。过后才发现，买了一大堆没用的东西。

　　男女老少都成了"一机走天下"的花钱达人，只要手机下单，要吃的饭菜不久就会送上门，要买的东西三两天就会到货，省去了我们去逛商场、去饭店的麻烦的同时，网购正在悄无声息地覆灭着我们去商场购物的乐趣、去饭店吃饭的闲情逸致，以至于我们接地气的线下活动少了又少，也造就了一些只会泡面的年轻人，什么纳鞋底、织毛衣、洗衣服、做饭、洗碗刷锅等家务都慢慢地抛到了九霄云外。

我几次都是拿着人民币买东西，收银员都是一个口气地对我说："您手机里有钱可以扫码付款。"

我说"没有"，收银员说："那好，我这儿现金不够，您打开收款码，我找给您钱。"

拿着现金消费的时代渐渐地远离了我们，花钱的乐趣和节制也淡了许多。

谁也说不清楚，我们咋就不会心疼钱了呢？以前数着一张一张人民币往外掏时，痛惜并快乐着；点支付宝和微信，花钱如流水，却没有了哗啦声，手机里的钱，看不见，摸不着，却勾走了人的魂，击散了人的魄。现在花钱没有了以前花钱的哗啦声，没有了以前消费往外掏钱的那份心疼和不舍了，看不见钱、不查余款的消费模式似乎让人不怎么心疼花钱了。

口袋里揣着现金走世界，查着硬币、纸币过日子的岁月已成为过去。钱似乎无影无形，不过，我们还是要时刻提醒自己：辛苦地赚钱，理性地花钱。

陪着父母转大圈

每到周末、节假日，我会抛开一切应酬，回到老家陪陪年迈的父母。

又是一个周末，我开车早早回到老家。父母看到我回来，习惯性地开始忙起来，父亲开始烧水下面，母亲去院子的菜地里拔了几棵青菜，我要帮忙，母亲总是说："你开了一路车，歇着吧，面条早就擀好了，饭一会儿就好。"

父亲母亲的头发几乎全白了，背明显地驼了不少。父亲干了一辈子教育，母亲和父亲结婚后，放弃了唱戏要当角的梦想，两人辛辛苦苦养育了我们兄妹仨，我们长大了，他们变老了。

我吃了一大碗母亲擀的面条，喝了一碗面汤，站起身揉着肚子说："太好吃了，吃得有点撑了。"

母亲微笑着说："再喝点面汤，原汤消原食。"

我刷洗了碗筷，开车拉着父母出发了。我和父母来到了一座大山附近，母亲老远就指着大山告诉我，她小时候经常到这座山上去割猪草、拾柴火。那时候，外公在外地工作，外婆养活拉扯五六个孩子很不容易，为了多挣工分，天不亮，就挎着篮子去山上割草，母亲留在家里照看几个年幼的舅舅。天亮的时候，外婆回到家里，母亲端上已做好的饭菜递给外婆，外婆吃完饭又去生产队上工了。后来，几个舅舅长大了一些，母亲就领着几个舅舅一起割猪草、一起拾柴火、一起挑水。

我和父母来到了一座小石桥旁，一块块青石垒成的桥很小很精致，桥面正上方的红色"外婆桥"三个字格外引人注目。外婆活着的时候告诉我，收庄稼的时候，要来来回回蹚过一条小河，外公探家的时候，找来邻居帮忙，在小河上给外婆建了一座小石桥。我听了很受感动，就在小石桥上写了"外婆桥"三个字。母亲踏上小石桥，手抚摸着桥沿，半晌没有说话，下了桥说了一句："你外婆这辈子受了不少苦，这辈子也值了。"

母亲小时候上学的地方已变成绿油油的麦田了，早已物是人非了。母亲只读了两年书，辍学的时候，先生一个劲地想说服外婆，让母亲继续读书，外婆很为难。母亲知道家里的状况，并没因为辍学而过多地埋怨外婆，在家里跟着外婆学针线活，帮着外婆做家务。

母亲十四岁到乡豫剧团学唱戏，为了唱好戏，自学认字，背戏词的时候，不认识的字就画符号。母亲经过勤学苦练，终于成了剧团的台柱子，在豫剧《红灯记》《沙家浜》里分别演铁梅、阿庆嫂两个主角。

我们驱车来到了母亲当年唱戏的剧团，剧团早已解散了，两所老房子几处都坍塌了，一个收废品的老汉在院子里忙活着。

中午了，我和父母来到了镇上，找到母亲年轻时候吃过饭的饭馆。一进屋，饭馆的老板热情地给我们打招呼，母亲对我说："这家烩面馆有几十年了，我小时候就有，你外公领着我在这儿吃了好几次饭呢。"

听着母亲舒心的话，我心里甜甜的。我点了份烧羊肉和一个素拼，要了三碗烩面，又从车里拿出一瓶酒，给父母倒了两杯，说："来，您二老少喝点酒，我以茶代酒，敬你俩。"父母笑着说："儿啊，嗯，我们喝，你都把我俩当客人了。"

吃过午饭，我开车往回走，母亲问我累不累，我摇着头说不累，父亲说想到他教过学的学校去看看。父亲高中毕业后就到村小学教书，一边教书一边学习，考取了大学文凭，从民办教师转成公办教师，从教师的岗位一步步干到校长岗位，搞了一辈子的教育，前几年退休了，在家里仍是书不离手，读书看报。

　　我们到了父亲工作了几十年的学校，看到学校早已搬迁走了，几排整齐的红瓦房静静地立着，墙上的黑板报黑里泛着白，墙上"团结紧张，严肃活泼，好好学习，天天向上"的红色标语依然清晰可见，教室的门破得不像样了，有的教室的门都没有了。校园中间的一棵黑槐树还在，树干上还挂着铁铸的铃铛。父亲走过去，伸手抚摸着铁铃铛，一脸凝重的表情。我儿时也在这里上过学，童年往事过电影一样浮现出来，我从一年级到五年级都是班干部，学习成绩非常好。父亲教过我一年的语文，平时父亲要求我每天都写两页书法，读一篇文章，还给我买了课外读物《向阳花》，潜移默化中，我的写作能力提高了不少，钢笔字、毛笔字写得也不错。

　　"铛铛铛、铛铛铛……"的铃声响起。父亲的右手一直在敲着铃铛，铃声依然是当年一样的清脆悠扬，我仿佛看到了一群满身是土、背着各色花布书包的学生，急急忙忙地往教室里赶的情景。学校的铃铛声就是学生和老师作息时间的信号和命令，响亮的铃声是有节奏的，预备铃、上课铃、下课铃、集合铃的节奏各有不同，我们学生总结为"二下三上预备五，一阵乱敲快集合"。上课铃声比较急促，提醒我们抓紧时间上课；下课铃声比较舒缓，意味着下课了，同学们可以休息放松一下了；我们最爱听的就是放学的集合铃声，铃声一响，站满操场，可以回家吃饭了，可以和同学们"打打杀杀"了。

　　父亲敲了预备铃、上课铃、下课铃。随着父亲敲打的铃声，我先是进了陈旧的教室，又走出教室，父亲笑了，又抬手敲了放学铃，对我和母亲说："物是人非了，过去的时光再也回不来了，咱回家吧。"

　　我跟在父母的身后，看着父母的背影，两人的头发几乎全白了，背明显地驼了不少，走路也有蹒跚的迹象了，我心里挺不是滋味。我都步入知天命的年龄了，父母怎么会不变老呢？又有谁不会变老呢？

我的爷爷奶奶

爷爷奶奶去世十多年了，每当我看到爷爷奶奶的相片，伤感之时就会想起一幕幕往事。

20世纪30年代，爷爷和奶奶不满二十岁就结了婚，生下了五男三女八个孩子，要养活一大家人是不容易的。记得我七八岁的时候，爷爷是我们村赶马车的，为了挣工分，天不明，爷爷就起床了，带着我四岁的弟弟，怀里揣着我奶奶蒸的红薯和玉米面饼，赶上马车迎着黎明去往外地拉运钢砖，爷爷的吆喝声、马蹄声和马铃声飘荡在田间路上。

我的奶奶穿着黑色的对襟衣服，黑色长布带一圈一圈地缠在小腿上，一双被裹过的脚穿着小口黑布鞋，在家里领着十几口人劳作农活，还要做饭，起早贪黑地操持家里。

奶奶的脾气很好，我犯了错误，奶奶只是对我一笑，我心里知道，是奶奶心里疼我的缘故。奶奶和大多数的农村老人一样，善良、勤劳、朴实。奶奶每天天不明就起床，打扫屋里屋外、准备一家人的早饭，洗洗刷刷，喂牛、喂鸡、喂猪，很少见她坐下来歇息，家里有干不完的活，她不知疲倦地忙东忙西。

亲戚送来的点心什么的，奶奶总是让我给左邻右舍送些尝尝，家里谁过生日，奶奶会做捞面条吃，家里十多口人吃饭，奶奶光是和面就得分三次。奶奶和面、擀面条累得一头汗，我心疼地为奶奶擦汗，奶奶笑着说我是个孝顺的孩子。饭做好了，奶奶总是先给邻居送一大碗。奶奶的言行潜移默化地影响着我，让我明白要善待身边的每一个人。

半个多月过去了，爷爷运完钢砖就领着弟弟回来了。我跑到跟前，爷爷从口袋里掏出几块糖给我，把买的挂面给奶奶放好。家里来了客人，奶奶才会拿出挂面招待他们，给客人盛好饭后，总是给我盛上一碗，我让奶奶吃，奶奶说她不喜欢吃挂面。

儿时的记忆里，奶奶很和蔼，对我父亲兄妹几个管教很严格，但对我们兄妹三人很是宠爱，尤其对我更是如此。小时候，奶奶走到哪儿，我就跟到哪儿。她烧火时，我就时不时往灶里放些柴火；她扫地时，我就忙着洒水；她洗衣服时，我就拿着小水瓢往盆里舀水……

奶奶从来没有大声骂过我，总是夸我聪明懂事。我是在奶奶的宠爱中长大的，父亲说这是隔辈亲。

爷爷和奶奶说得最多的话题就是我四个叔叔的婚事，那时候家里穷，爷爷和奶奶为了我几个叔叔的婚事，不知道费了多少心思，做了多少难。叔叔订婚的时候，我母亲作为长媳，热心地给我叔叔做衣服，整理房间，和奶奶一起做饭，招呼叔叔未来的媳妇。

生产队没有赶马车的活时，爷爷就会起早贪黑地到家对面的山上砍荆条。中午的时候，爷爷背着一大捆荆条，满头大汗地回到家里，吃完午饭，顾不上歇息，拿着镰刀和绳子又上山砍荆条了。晚上，我父亲和几个叔叔坐在院子里编荆条把，爷爷编得最快，手中的鱼镰削去荆条的枝杈，荆条在爷爷手中飞舞着，不一会儿就编成一个荆条把。等荆条把晒干了，爷爷和叔叔用架子车拉到几里地外的煤矿上卖了，换些钱贴补家用。

在爷爷奶奶的苦心操持下，几年间，我几个叔叔先后都结了婚，成了家。

岁月染白了爷爷和奶奶的黑发。他俩身体很硬朗，爷爷暴躁的脾气好了许多，本来就脾气很好的奶奶依然是一身黑色粗布旧衣。

我结婚的第二天，领着媳妇去给爷爷奶奶磕头。爷爷和奶奶笑呵呵地给我和新婚妻子发了红包，奶奶笑着说："华，你看，琳琳长得像花一样好看，你要好好待她，她离开家离开爹娘嫁给你，不容易。"

我满口答应着奶奶，奶奶特意给我和妻子擀了面条，炒了臊子菜，我对奶奶说："奶奶，多少年了，您做的饭我一辈子都吃不够。"

看着我大口大口地吃饭，爷爷和奶奶开心地笑着说："吃吧，多吃点。"

我经常领着爱人和孩子回老家，看望年迈的爷爷和奶奶，奶奶就会翻箱倒柜地拿出一些饼干、花生、核桃让我们吃，爷爷抱着我的儿子有说不完的话。

我坐在陪伴我长大的土灶台上，听爷爷奶奶讲他们过去的一些往事。不一会儿，我的父母和叔叔、婶婶，一群大人和小孩都过来了，土窑洞里挤满了人，说说笑笑，好不热闹。在我母亲的带领下，几个婶婶择菜、和面、剥蒜、炒菜，忙个不停，不一会儿，饭做好了，我们一大家几十口人围在一起，吃着、说着、笑着……

岁月是无情的。奶奶八十一岁的时候走完了她的一生，永远地离开了我们。奶奶的一生清清白白，辛辛苦苦养大了八个子女，用满腔的爱心带大了十几个儿孙。奶奶贤惠善良的品行赢得了家人的尊敬，得到了全村人的爱戴。

老家的土窑洞，那个简陋却温馨的地方，剩下爷爷一个人。奶奶去世时，爷爷一个人躲在一边偷偷地流眼泪，我过去劝爷爷，爷爷赶紧擦着眼泪说："我没事，你奶奶这辈子吃了不少的苦。"

为了照顾爷爷，我接爷爷去城里住，爷爷到城里住了两天就嚷着要回老家，说我忙，不给我添麻烦，老家住着自在。无奈，我把爷爷送回了老家。爷爷轮流到我家和几个叔叔家吃饭，依然住在他和我奶奶住了一辈子的土窑洞里。

爷爷八十三岁时患了肺癌，在医院住了一段时间后回到了老家。母亲打电话说爷爷老是偷偷吸烟，不去医院复查治疗，我急忙开车回到了老家。看着眼前苍老瘦弱的爷爷，我的心揪着疼，爷爷看到我回来，一下子来了精神，坐起身说："华，你吃饭了没有？桌子的抽兜里有鸡蛋糕，我给你拿。"

我强忍着泪水说："爷爷，我吃过了。"

爷爷看着屋里的叔叔和婶婶，低下头说："我吸了一辈子的烟，一天只吸一根，他们都不让。华，我憋得难受啊，我的病我知道，不用去医院花闲钱了。"

我心疼地说："爷爷，有病了就要治，你得的是小毛病，烟嘛，我给您买了一条好烟，您一天只准吸一根，好吧？您起来坐我车去医院复查一下，很快就回来了。"

爷爷很听话，换上平时舍不得穿的蓝色中山装，坐车和我去了医院。复查完身体回家的路上，我领着爷爷到了一家烩面馆，点了一份爷爷最爱吃的烧羊肉和烩面，爷爷吃得很开心。

两个月后，爷爷去世了。去世时他拉着我的手说："你开公司、办学校，摊子大不少作难，要少操点心，你的头发白了不少，钱够花就行了。"

爷爷说完闭上了眼睛，安静地走了，永远地离开了我们，我趴在爷爷的床头放声大哭。

爷爷和奶奶相继去世，把思念和伤痛永远留给了我们。他俩住了一辈子的土窑洞的两扇门永远关上了。

种 地

　　小时候记事起，到了星期天，我就会挎着篮子、拿着镰刀和簸箕去割草拾粪，把青草和臭粪送到生产队的饲养室。村里戴着眼镜的会计称重后，拖着长腔说："旺叔家孙子记三个工分。"我垫着脚尖看着会计记好工分后，才挎着篮子、拿着镰刀和簸箕往家走。

　　回到家，我把记工分的事告诉爷爷奶奶和父母，他们一个劲夸我爱劳动，是个好孩子，我听了心里美滋滋的。

　　没过两年，生产队就实行了责任制，把土地分到了各户，农民都争先恐后地用心种好自家的土地。

　　到了农忙季节，公鸡打鸣声响了，各家各户的煤油灯都点亮了，男劳力们早早起来，推粪的、拉坡的、挑粪的、撒粪的忙作一团，运粪的独轮车发出有节奏的"叽哇叽哇"声，挑粪的扁担发出"嘎吱嘎吱"声，奏响了山村农耕的序曲，妇女们在家洗洗涮涮地忙着做饭。

　　我爷爷凌晨就起来喂牛，把前天晚上铡的青草段和麦秸放到一起，倒点水，撒上一些麦麸子。两头大黄牛的嘴一个劲往石槽里蹭，爷爷轻声吆喝着，黄牛是温顺的，停住了蹭嘴的动作，瞪着一双大眼睛看着石槽里的美食。爷爷拿着小棍子搅来拌去，拌好草料后，两头黄牛津津有味地吃起来。爷爷往门槛上一坐，拿出别在腰里的旱烟袋，装上一锅旱叶片点上。烟锅里发出滋滋的响声，火星一闪一闪的，一股灰白色的烟雾腾空而起，在昏暗的煤油灯光下飘来飘去。

　　我父亲和几个叔叔推着独轮车、拿着铁锨回来了，爷爷问道："地里的粪都撒好了？"

　　父亲回道："大，粪都撒好了。"

　　爷爷把烟袋锅往鞋上磕了几下站起身说："洗洗脸吃饭吧，天明了套牛犁地。"

　　奶奶蒸了一锅红薯，熬了一锅玉米面糊糊，调了一小盆豆腐，一家人各自盛好饭，在院子里和屋里蹲的蹲、坐的坐、站的站，除了喝汤声再没有别的声音。

　　天刚蒙蒙亮，爷爷牵着牛、肩上扛着铁犁来到地里，小心地把肩上扛着的铁犁放下来，给老黄牛套好牛轭。终于开犁了，五叔牵着牛，爷爷左手扶着犁柄，右手扬起手中的鞭子，往半空中一甩，啪的一声，吆喝一声"驾"，老黄牛深一脚浅一脚地往前走起来。我爷爷嘴里不停地"喔、喔、嘚、吁"地吆喝着，老黄牛吃劲地拉着犁往前走着，爷爷光着脚在后面握着犁柄，熟练地掌握着犁地的深浅和方向，右手扬起鞭子，不停地吆喝着，犁在土地里缓缓向前移动。翻起的湿润的土壤，弥漫着泥土的芬芳，就像土黄色的被面，盖住了家粪和肥料。

　　爷爷娴熟的犁地技巧发挥得淋漓尽致，地角撒得很小。几个叔叔跟在爷爷后面，挥舞着钉耙，打着土坷垃，我父亲抡起镢头刨着犁不到的地角。

　　太阳升起来了，温度慢慢升高，爷爷和叔叔都脱掉了布衫，光着脊背继续干活。一块地犁到了一半的时候，我母亲送来了一小桶绿豆汤，爷爷喊了一声"吁"，老黄牛知道该歇息了，停下脚步，嘴里开始咀嚼着倒沫。爷爷、叔叔端起碗咕咚咕咚地把一碗绿豆汤一饮而尽，五叔去不远处河里担了两桶水，让牛喝了些水，另一桶水他们洗脸用。

　　爷爷告诉我父亲和几个叔叔，犁地是技术活，开犁很重要，犁要正好插进熟土和生土交接的地方，不能插进土里太深，太深了犁会把生土翻起来，容易把犁铧折断，也不能犁得太浅，太浅了没把熟土完全翻起来，叫不上深耕细作，犁地就要把翻过来的土一排排刚好挨在一起，这样才行。

　　爷爷又吸了一锅旱烟片，站起身说："开犁吧，咱家的地犁完了，帮别人家犁。"

　　爷爷一声吆喝，老黄牛又拉着犁慢慢地往前走。天愈发地热了起来，爷爷和叔叔的脊背上、脸上流着汗珠，他们擦过汗继续干着手中的活。快到中午的时候，一块地终于犁完了，一家人背着犁、牵着牛往家赶。

　　两天过去了，爷爷起早贪黑地把家里的地都犁完了，接下来是耙地，耙地的作用是压碎土坷垃、疏松土壤、保蓄水分、提高土温。爷爷套好牛，让我坐在木耙上，爷爷站在耙扇上，前腿用力，后脚轻点后耙扇，双手抓着撇绳，不停地吆喝着老黄牛，在地里来回拖拉，两头老黄牛在吆喝声中东拐右转、走南闯北。爷爷把娴熟的耙地技巧发挥得淋漓尽致。木耙在土地里驰骋自如，出神入化，耙过的土地不停地变着花样，坐在木耙上的我既紧张又兴奋。耙地终于结束了，看着土地里耙出来的线状图案，均匀整齐，像是一幅美丽的图画，我心里赞叹着爷爷高超的犁地和耙地本领。

　　地犁好、耙好后，爷爷在家开始修整播种麦子的木耧，拿着鱼镰和绳子把木耧修整顺当。父亲和叔叔背着木耧和小麦种子，跟着爷爷去地里播种。叔叔几个人轮流拉着木耧，爷爷双手扶着木耧左右摇晃着往前走，小麦种子一粒粒均匀地撒进土壤里。我父亲拉着小石磙，顺着播种过小麦种子的浅土沟，挨着碾压一遍。我问父亲为啥要碾压，父亲说是给小麦种子保墒，有利于种子早点出土发芽，也是防止鸟儿叼吃。

　　两三天的光景，我们家的小麦就播种完了。爷爷和我叔牵着牛、背着犁去给村里的孤寡老人、家里没有劳力的农户家帮忙犁地、播种。爷爷会带着我去，说是让我摔打摔打。农户家会炒鸡蛋洋葱、擀面条招待我们。犁地、播种完了，农户要给我爷爷工钱，我爷爷拒绝了，说闲着也是闲着，乡里乡亲的帮忙是应该的。农户们过意不去，会给我爷爷两盒烟，煮些鸡蛋强塞给我，再往我口袋里装些糖果、花生什么的，让我带回家吃。

　　后来，五叔家买了一辆手扶拖拉机，我们家的人工犁地被拖拉机代替了，爷爷似乎有些失落，每年农忙时都会把铁犁、播种小麦的木耧拿出来擦了又擦，修了又修。

爷爷去世好多年了，陪伴他一辈子的牛套、铁犁、鞭子和木耧依然静静地挂在他住过的土窑洞里。

拥抱大自然

喜欢一个人漫步在田园间，行走在山水间，东走走西看看，欣赏大自然的美妙和神秘，聆听大自然的鸟鸣和声音，一切都显得那样的清静和幽雅。

漫步在田间地头，到处是嫩绿的景色，含苞待放的花骨朵期待着春风的沐浴，有农民在远远的绿油油的麦田里除草劳作。走着走着，来到了山脚下一个荒芜的村落里，篱笆墙和老房子静静地立着，没有人烟，非常寂静。忽然，一只黑狗跑出来，朝着我汪汪汪叫起来，我做着滑稽的动作，再扮个鬼脸，黑狗停止了叫声，我一走动，黑狗又叫了起来，狗好像叫累了，看我也不像坏人，叫声也就慢慢地弱了下来。一只小花猫朝着我喵喵叫着跑到我跟前，我掏出背包里的火腿肠，蹲下身子，扔给黑狗一根、小花猫一根。狗抬头看了看我，低头咬起火腿肠走到一旁卧下，两只脚按着火腿肠吃起来，小花猫就地吃着火腿肠，它们吃得很香。

一群大白鹅排着三角形队伍，嘎嘎地叫着，示威似的从我身旁走过，走在最前面的大白鹅伸长脖子，扇动着翅膀，叫声最大，好像在下命令。

我没走几步，又看到了一个老汉牵着两头牛从草屋里走出来，我上前递烟问道："老伯，你喂了几头牛啊？这村里都没人住了。"

老汉接过烟，一只粗糙的大手擦了几下鼻子说道："村里人都搬到下面的新农村楼房里住了，这里也就没人住了。下了一辈子的力，闲不住，我就养了几头奶牛。"

告别老汉，我坐在村子里的石碾旁，目睹着荒凉的村落，听着狗、猫、鸡、牛的叫声，一种说不出、道不明的情愫涌上心头。我掏出手机，听起了《篱笆墙的影子》这首歌曲：

"星星还是那颗星星哟，月亮还是那个月亮，山也还是那座山哟，梁也还是那道梁。碾子是碾子，缸是缸哟，爹是爹来娘是娘，麻油灯啊还吱吱地响，点得还是那么丁点亮。哦，哦，只有那篱笆墙影子咋那么长……还有那看家的狗叫得叫得叫得叫得咋就这么狂……"

我循环听了几遍，把刚才拍摄的视频剪好了，取了个名字"村中即景"发在了朋友圈里，点赞和评论非常多，大部分朋友让我发个位置，要来这里游玩。

我起身拍拍屁股上的尘土，向大山里走去。鸟儿欢叫个不停，泥土、青草、鲜花的芳香扑鼻而来，让我瞬间陶醉，不太会唱歌的我扯开嗓子，歌唱了起来："太阳出来啰喂，喜洋洋啰嘟啰，挑起扁担嘟嘟扯咣扯，上山岗啰嘟啰……"

在大自然里唱歌不怕跑调，反正没有人听见，怕啥呢？就是肚子里有了屁，再也不用紧张害羞，顺势用力放出来，没有人听见屁有多响，也没有人嫌弃屁有多臭，只有大自然知道，只有大自然不会笑话我唱歌跑调了，放屁太响、太臭了。人啊，不去伪装自己，真的是好轻松、好惬意，融入大自然，拥抱大自然，真好！

我站到鬼斧神工般的山石下，抬头看半晌，伸手摸了半晌，山石摇摇欲坠，真险啊，真神奇啊！站到千年古树下，抬头看着参天的枝叶，伸手抚摸着粗粗的树干，心想，这棵树至少有一千岁了吧，它经历了风风雨雨，见证了远古的人和事，才会显得那么苍劲挺拔。

山间的泉水、小溪银带般地流淌着，潺潺的流水声在见证着大山的成长，在诉说着大山的心声，在滋养着大山里的万物。

我气喘吁吁地登上了山顶，在山巅之上盘腿而坐。凉风习习。俯瞰山下的景象，思绪万千，对大山敬畏的同时，又深感大山的神秘。有科学家提出了一种学说，叫作"大陆漂移说"。他们认为，地球上的岩石层不是一整块，而是分成若干大块，叫作板块。这些板块，就像悬浮在地幔软流层上的"木筏"，是可以漂移的。按照这种学说，亚洲大陆是一个板块，南亚次大陆也是一个板块。在距今大约三千万年前，由于南边印度洋下面软流层的活动，引起洋底扩张，使南亚次大陆板块逐渐北移，最后和亚洲大陆板块相撞。处在这两大板块之间的喜马拉雅古海受挤，被猛烈抬升，于是沧海变成了高山。

我坐在山巅歇了好大一会儿，忽然心里有了一丝"高处不胜寒"的感觉。山顶太寂静了。起身往山下走，走着走着，感到两只脚出汗了，于是坐到小溪旁，脱下鞋袜，把脚伸进溪水里。溪水很凉，有一些刺骨。我任由溪水冲刷，人家都冬泳了，我在溪水里洗个脚还会怕冷吗？我捡起溪水里的鹅卵石，把两只脚搓得通红，脚底板上的胶质屑搓掉了不少，就这样搓搓泡泡，顿时感觉轻松了不少。

躺在山石上晒足了太阳，新的一年新的目标浮现在脑海里。睁开惺忪的眼睛，伸伸懒腰，站起身，举起双手，大声吼了几声，浑身充满了力量。

过　年

　　清晨，我骑着"二八"自行车行驶在晨练的路上，耳边传来了"小孩小孩你别馋，过了腊八就是年，哩哩啦啦二十三，二十三糖瓜粘，二十四扫房日，二十五买豆腐，二十六买斤肉，二十七宰只鸡，二十八把面发，二十九蒸馒头……"的儿歌声，我放慢了骑车的速度。时间过得真是快呀，转眼间又要过年了。我推着自行车慢慢地走着，眼前又闪现出了几十年前儿时过年的情景。

　　儿时记忆中，过了腊八就期盼着过年了。腊八的那一天，母亲会做腊八粥，腊八粥里有黄米、杏仁、桃仁、花生仁、豆子，再放一勺糖，粥的香甜味直沁心脾，母亲盛好粥说："喝了腊八粥，就等着过年了。"

　　我天天盼着过年，过年了，会穿新衣服，会吃好吃的，会挣压岁钱。

　　腊月二十三，母亲穿着一身旧衣服，戴着一顶旧帽子在厨房里进行大扫除，父亲和弟弟一块儿翻新灶台，妹妹学着母亲的模样打扫着灶房。父亲把写好的春联内容给我，嘱咐我说，注意握毛笔姿势，不要心慌。我伏在红木桌上写了一天春联，那时候我也就八九岁，"春前有雨花开早，秋后无霜叶落迟"这句话给我留的印象最深。

　　傍晚时分，父亲把灶爷爷灶奶奶的年画贴在灶台后面的墙上，两边和上边贴上"上天言好事、下地保平安、一家之主"的小对联，小声祈求着全家平平安安的一些话。

　　腊月二十六，是杀年猪的日子，男女老少围在一旁，看着活蹦乱跳的黑猪在刀斧的舞动下，变成一块块猪肉，村民一块一块地掏钱拎走，我的心里充满了伤感，人为什么要吃肉呢？猪肉吃着很香，可猪没有了生命，唉。

　　父亲把买回来的猪肉用铁丝捆好，吊挂在房梁上。挂好后又扭头看了看，坐在小木凳上，掏出一个塑料袋，拿出一张长条纸，先是一折，又捏了一些旱烟片，熟练地一卷一拧，舌头一舔一粘，一支旱烟算是卷成了，噙在嘴里，从地上抓起一根树枝往灶火里一放，对着火吸起来，吸了几口，站起身朝着在院子里忙活的母亲喊道："孩儿她娘，一会儿去给孩子买点布料，该给他们做新衣服了，再买些年货。"

　　在院子里鸡窝旁收鸡蛋的母亲扭头应声道："一会儿就去。"

　　正说话间，我爷爷推门进来了，我起来给爷爷让座。爷爷坐下后对我父亲说："一会儿我和一胜、二胜去山上砍些松树枝，大年三十晚上熬百岁用。"

　　我和弟弟跟着爷爷上山砍松树枝。爷爷挥舞着砍刀，松树枝一根一根掉落在地上，我和弟弟争着捡。爷爷砍累了，坐到石头上，点上一锅旱烟片吸了两口，伸手摸着我和弟弟的头说道："把松树的分枝乱茬砍掉了，树也就长直溜了，长得也就快了。"

　　晌午的时候，爷爷用绳子把砍好的松树枝捆好，背起来往家走，我和弟弟跟在爷爷身后戏闹着。

　　腊月二十八，我和弟弟、妹妹端着面糊，站在高板凳上贴着我写的春联，母亲忙着给我们兄妹做新衣服，父亲在院子里忙着劈柴。

　　到了晚上，母亲拿着做好的衣服让我们试穿，我们兄妹三个穿着新衣服坐坐、站站、蹲蹲、走走、看看，高兴一片。母亲说道："都合身，过年了就穿上。"

　　腊月二十九，父亲和母亲忙着煮肉、炸丸子、烧豆腐、蒸馍，我们兄妹几个就帮着煮白萝卜、剁肉，母亲把煮好的白萝卜剁碎，用布裹上拧干水分，放进一个大盆里，把剁碎的肉放进去，放些调料，双手在盆里搅来搅去。过了好一会儿，饺子馅盘好了，远远就能闻到香气。

大年三十的晚上，我们一家人坐的坐、蹲的蹲，吃着热气腾腾的饺子。萝卜猪肉馅的饺子吃着可真香，我足足吃了一大碗，吃得我直打饱嗝，全家人笑话我不知饥饱。父亲说："孩子，过年了，你们又长了一岁，要好好学习，将来才能天天吃饺子。"我们兄妹几个点着头。

吃完年夜饭，院子里就热闹了起来。爷爷点燃松枝，松枝噼噼啪啪地燃烧起来，红红的火苗冲上天空，火光映红了家人们的一张张笑脸，一股松木特有的芳香弥漫开来。一大家子的人一个不少地围在火堆旁，燃烧松枝的噼噼啪啪声夹杂着我们的欢叫声、鞭炮声，院子里充满了浓浓的幸福年味……爷爷奶奶给我们讲了很多他们小时候的故事，说是1942年，河南发生了严重的大饥荒，庄稼颗粒无收，人们背井离乡，一路上吃观音土、啃树皮充饥。听着听着，我就哭了，爷爷抚摸着我的头说："现在生活好了，都能吃饱饭，你们要好好上学，长大了做个有出息的人。"

熬百岁到了半夜，我们小孩跑着、打闹着，一会儿放炮、一会儿捉迷藏、一会儿打仗，大人们围着燃烧松枝的火堆拉着家常，几个叔叔猫在屋里打扑克，谁赢了就会得到几根香烟或是一毛钱。

松枝一直燃烧到天明，我们熬夜到了天亮，爷爷奶奶说这是熬百岁，辞旧迎新，年夜都不能睡觉睡得太早。

大年初一一大早，母亲就煮好了饺子。母亲指着盛好的几碗饺子说："你们一人端一碗，看看谁能吃着饺子里的钱，谁今年就当家。"

弟弟手最快，上前抢了一碗，坐在门槛上狼吞虎咽地吃起来，我和妹妹各自挑了一碗，母亲和父亲最后端起碗。我吃着吃着，忽然觉得有东西硌了一下牙，吐出来一看，是一枚二分钱的硬币，我高兴地叫起来："我吃到钱了，我吃到钱了！"

弟弟看到我吃到钱了，便要起了性子来，把还没吃完的饺子往灶台上一丢，说："我不吃了，我不吃了。"

母亲赶忙过来端起灶台上的饭碗，掏出一枚硬币急忙塞进一个饺子里，转过身对弟弟说："今儿两碗饺子里包的都有钱，你吃完看看。"

弟弟抢过碗，快吃完的时候吃到了母亲塞进饺子里的钱，便蹦着喊道："我也吃着钱了，我也吃着钱了！"

妹妹瞥了弟弟一眼没有吭声，父母异口同声地说道："你哥俩今年当家，今年当家。"

妹妹喊道："还有我呢，还有我呢。"

"你们仨都当家，都当家……"

母亲抱起妹妹说道："快，换上新衣服，去给你们爷爷奶奶、叔叔婶婶磕头拜年吧。"

我领着弟弟和妹妹给爷爷奶奶磕了头，奶奶给我们每人发了一块压岁钱，还给了我们很多核桃和龙虾糖。

我们又去了叔叔家和邻居家，满个村子跑了个遍。

回到家里，我们兄妹几个整理着拜年挣来的核桃、花生、红枣、糖果，认真地数着崭新的压岁钱，把压岁钱装进自己叠的牛皮纸钱包里。

大年初二，我们穿着新衣服跟着父母走亲戚。父亲背着一黄皮包白面馒头，先是去姥姥家，再到别的亲戚家。过不了几天，姥姥和亲戚们又背着白面馒头到我家来走亲戚，我们小孩又挣了不少压岁钱，心里美滋滋的。

俗话说："不过正月十五十六都是年。"没上几天学，正月十五的灯节很快就到了，村里早已锣鼓喧天地热闹起来，我匆匆写完作业，领着弟弟和妹妹跑到村里的打麦场。打麦场上挤满了人，锣鼓有节奏地敲打着。传统的舞狮活动只有灯节的时候才会看到，我们用力挤到人群的前边，看到我爷爷拿着五颜六色的绣球吆喝了一声，随着震耳欲聋的炮声响起，狮子就跟着绣球跳了起来。跳了一会儿，狮子抢不到绣球，终于发怒了，前面双脚跳了起来，追着绣球跳个不停，两只铜铃般的眼睛眨个不停。在激烈的锣鼓声中，我爷爷挥动着绣球，爬上两米多高长板凳搭建的云梯上，两只狮子追着绣球爬上了云梯的最高处。村民们一个劲地喊着好，整个村子里顿时沸腾了起来……

看完舞狮回到家里，母亲开始忙活起来，用豆面给我们兄妹三个做生肖面灯灶。母亲把豆面和成面团，揉啊揉，揉了好一会儿，在揉捏好的虎、猪、牛、龙生肖面灯灶脸上放上两颗黑豆，看起来栩栩如生，和真的一模一样。母亲把捏好的生肖面灯灶放进蒸笼里蒸煮，我们兄妹几个围着灶台急不可待。过了好大一会儿，灯灶终于蒸熟出锅了，父亲找来一根稻草秆洗干净，用棉花仔细地缠好，插在蒸熟的生肖豆面灯灶背上小凹坑里，再放进一些猪油抹好说道："等天黑了，你们就端上自己的生肖豆面灯灶出去游玩。"

我们兄妹几个目不转睛地盯着案板上的豆面灯灶，心里盼望着天赶快黑下来。

天终于黑了，父亲点上生肖豆面灯灶里的稻草秆，屋里顿时更亮了。我们兄妹几个端上生肖豆面灯灶，喊上村里的同伴们四处游转起来，到了大半夜，灯灶里的猪油烧干了，我们才想起了回家，回到家倒头就睡。到了正月十六的晚上，父亲给生肖豆面灯灶里重新抹上猪油点上，我们又端着生肖豆面灯灶四处转悠，半夜回到家里，便开始吃自己的生肖豆面灯灶，豆面蒸的生肖灯灶吃起来可真是一个香啊。

年终于过完了，大人、小孩都开始围绕着自己的心事，一个个忙碌起来。

我推着自行车走着、回忆着，不知不觉就到了家门口，放好自行车，走进家里，还没坐稳，就对妻子说道："老婆子，过几天就该过年了，赶紧打电话通知咱们的儿女，早些准备准备，咱们要早早地领着儿孙回老家，和父母一起过年咧。"

妻子眼都不眨地看着我，笑着说道："嗯、嗯，老头子，你又想吃咱娘包的萝卜猪肉馅饺子了，又想挣压岁钱啦？"

我点了点头，上前紧紧地抱着妻子说道："我的老婆子，还是你懂我，转眼间几十年过去了，谢谢你的陪伴和照顾，你辛苦了。"

QQ · 微信 · 书信

网络的时代里，先是有了QQ，一条信息，一张照片，一个表情，实时瞬间就可以传递给对方，足以快速表达彼此心中的情意。接着又有了微信，聊QQ的人似乎少了一些，大部分人把QQ邮箱当作传递文件的工具，这是因为手机微信不仅可以发信息、发表情，还可以语音通话、视频聊天，随时就可以聊起来。亲人、朋友、同事彼此沟通起来，更加方便和直接。

平时，我会在朋友圈偶尔发些个人发表的文章，或是自己喜欢的音乐。看着密密麻麻给我点赞、评论、转发的微友，我创作更加有了自信，兴奋不已，但静下心的时候，心里会想，给我点赞的人，又有多少人会看我的文章呢？这应该是个大问号。我无聊的时候也会刷刷朋友圈，看见一个美女发了两个字：心烦！点赞的人多达几十个。我也会跟着点赞，因为美女附了一张照片，很漂亮。

有一次点赞好朋友的作品，朋友问我，他的作品咋样，吓得我赶紧重新打开链接。我问一个哥们，我的文章如何，他尴尬地说看见了就顺手点个赞，还没打开看呢。

我的朋友圈里有的人从来不发圈，也不点赞；有的不发圈，给一些人点赞；有的热衷发圈，也热衷点赞；有的只顾发圈，只顾自我欣赏。有个做生意的熟人，商品广告发个不停，却从来不见他给别人点赞，他的刷屏影响了我的心情，不得不将他屏蔽。

我有几次发现，发朋友圈的同一时间里，那些生活中跟我称兄道弟的好友，对我发的朋友圈不闻不问，却在给某个我们共同的好友点赞、写评论。其实，微信朋友圈就是一个社交平台而已，时间久了，我也就不在意了，渐渐地，我对发朋友圈没了兴趣，工作的忙碌，连着几个月都没再发过朋友圈，好几个朋友问我，为啥看不到我发朋友圈了，我说，忙着赶写书稿呢。的确，我很忙，习惯了不再发朋友圈，潜水朋友圈，让我身心轻松了不少。

有时候空闲了，我常常会想起坐着绿皮火车去当兵、趴在床上写书信的情景，心里依然会兴奋不已。翻看着泛黄的一封封信件，读着那些似曾相识的文字和过往的岁月故事，恍如隔世，让我不由得怀念起那时候写信、拆信、看信时的那些幸福情景。"家书抵万金"的岁月已经渐渐远去，这些尘封了几十年的旧信物，就更加弥足珍贵了。

我有事或是想家人了，就会语音、视频聊一会儿，但我觉得，有些事情还是写书信的好。记得有一次，我和一位非常有实力的李总谈合作，酒足饭饱后，他也没明确表态度，说是再考虑考虑。我回到公司，洗个冷水脸，拿起不怎么用的钢笔，铺开稿纸，把我的心情和合作远景写了一封信装进信封里，第二天，我的助理拿着书信，又捎了一些家乡土特产，给李总送去。下午，李总就打来电话对我说："没想到您的文采和书法这么好，我看了您的信，让我想到了我以前的一些往事，这样吧，明天来我公司喝茶，如果分歧不大就把合同给签了。"

这件事过去很长时间了，可给我留下了很深刻的印象，因为那次签的合同单子有点大，及时帮助我的公司度过了经营的低谷期。

过年、过节的时候，每个人都会收到祝福的信息，有复制粘贴网络祝福信息的，有发一张表情图片的，有复制别人祝福信息的，粗心得连名字都没改就发过来。当我看到这些信息的时候，心里隐隐地不爽，甚至有些厌恶，因为，我发给每一个人的信息，都是亲手打出来的文字，哪怕就一句话，也是我发自内心的。

说来说去，我们沟通和社交都离不了QQ、微信、书信，这些社交模式各有各的优势，各有各的亮点，不论是哪种社交方式，我们都要用心用情地去对待每一个交往的人，这样才会达到你好、我好、大家都好的那份意境。

网络情缘

不知不觉自己已经三十岁了，到了而立之年。赶快找女朋友结婚成了妈妈的口头禅，一回到家，就会被妈妈数落，催着我赶快谈女朋友赶快结婚，平时不怎么说话的父亲，也要说上几句催婚的话，该成家了，你都多大了。

晚上，一个人躺在床上，望着窗外，天空的月亮很圆很亮，皎洁的月光温柔地照进了卧房。我拿起手机拨弄着，鬼使神差地打开QQ，写了一段生活感悟放在QQ个人签名栏里，关灯睡觉了。

缘分有时候真的很奇妙。

过了两天，忙完公司的事情拿出手机打开，发现有人申请加我QQ号好友，请求加我好友的姑娘叫琳琳，看着头像挺文静的，我没有犹豫通过了她的好友请求，两人便开始聊起了天。琳琳的家住在香港，她从小跟着舅舅长大，大学毕业后在舅舅开的公司里上班。

几个月过去了，我和琳琳通过聊天，彼此之间了解了很多，我俩性格蛮相投的，每次的聊天都很开心，聊天的方式从文字到语音，又从语音到视频。琳琳长得很漂亮，端庄大方，非常善解人意，我俩都被对方吸引住了，几乎是每天都要聊一会儿，每天晚上都会互道晚安才睡觉。

一年多过去了，琳琳从香港来到了我的家乡，我俩要结婚了。婚礼现场，琳琳的舅舅把我和琳琳的手放在一起，说道："我相信你会好好对琳琳的，琳琳常给我和她舅妈说，你会是她一生中的太阳，祝福你们恩恩爱爱，白头偕老！"

看着眼前温柔漂亮的琳琳，我上前紧紧地抱住了她，我流泪了。琳琳离开家乡，千里迢迢过来嫁给我，是我的幸运。

结婚后，琳琳一有空就跟着我学习视频剪辑，用她的话说，要为我做好事业、生活的好帮手，我为能娶到琳琳而感到庆幸。

生活中，我叫琳琳娇娘，琳琳叫我猪郎，因为我属猪，琳琳属兔，我和琳琳恋爱时，我俩经常说的一句话是，黑猪遇白兔，必定要致富。

琳琳非常善良，看到伤感的影视剧就会不停地抹眼泪，每次遇到乞讨的人都要施舍点钱。

我家的亲戚大多住在农村，老家人到市里看病的、办事的特别多，每次来都要帮忙和招待，我平时很忙，都是琳琳家里家外地跑着张罗，我们老家村里的人都说琳琳人很好。琳琳自己穿的衣服从没超过一百元的，给我父母买的衣服都很贵，说实在的，除了爱，我的心里还非常感激琳琳。

回到家里，我兴奋地告诉琳琳，公司又有了大业务，琳琳放下手中的活跑过来抱着我亲吻一下说："我的猪郎真能干，奖励一下，不要骄傲啊，走，去吃饭，我做了你最爱吃的清蒸鲈鱼。"

吃完饭，琳琳就会从我身后抱着我，一边推着我往前走一边说道："饭后百步走，活到九十九。"我们从餐厅走到客厅，从客厅走到卧室，从卧室走到书房，从书房走到阳台，就这样一直走啊走，也不知道走了多少遍……

当公司遇到困难时，琳琳就会开车拉我到大山里去，挽着我的胳膊登山望远，陪我坐在山间的小溪旁，说些鼓励我的话，让我明白，有了春夏秋冬，才会有暖热凉寒，才会有换穿四季衣服的新鲜感，有了苦才会有甜的幸福感，有了爬山的容易才会有下山的艰难……

平凡而又幸福的生活中，我和琳琳有时候也吵过、闹过，我俩都会很快去化解误会和矛盾。我俩相互起的绰号娇娘和猪郎，一直相互用心地叫着。

　　我和琳琳有一双龙凤胎的儿女，学习成绩十分优秀，非常懂事，一家人生活得非常幸福。

　　岁月就像火炉一样，把我和琳琳早已融为了一体，我俩在一起轻松自在、坦然从容，犹如我是她的太阳，她是我的月亮。

　　我为有琳琳这样温柔的妻子感到骄傲，感到幸福。

母亲的味道

我的父亲是村小学的一名民办教师，一个月挣几十元钱的工资。我兄妹三个，下面有一弟一妹。那个年代能吃上白面馒头，吃上手擀面条，穿一件新衣服就是最大的幸福了。

记得我小的时候，外公走几里地给我们家送面粉，母亲把面粉倒进瓦罐里，外公临走时掏出几块钱给母亲作为接济。

母亲那双年轻有力、白皙透着光泽的手像打太极一样，从容地搅和着面粉和水。面粉和水终于完全交融在一起，母亲盖上干净的白色布子，再盖上锅盖，快中午的时候，面团发酵好，母亲揭开锅盖，像白玉一样的面团色泽油亮。母亲将发酵好的面团放在撒了面粉的案板上，双手一边压一边前后地揉着，揉力有度，不一会儿就把面团揉成了条状，然后拿起明晃晃的菜刀切成均匀的一小块一小块面团，放到笼子里开始蒸。

过了半个时辰，母亲打开盖子，一股独有的面香味道扑鼻而来，不等母亲将馒头拿出来，我就伸出小手快速抢了一个。母亲喊道："别烫着！"

我掰开热馒头，蘸着母亲调好的辣椒水，急不可待地吃了好几个热馒头，满口的软糯，满口的香味。

到了四五月份，老家的山坡上到处盛开着洋槐花，白茫茫一片花的世界，一串串低垂着的洋槐花，像是落满了树枝的白色蝴蝶，在微风中摇曳着。蝴蝶和蜜蜂也来凑热闹，在洋槐花丛中飞来飞去，我随手摘几串嫩嫩的洋槐花放进嘴里，咀嚼着它的细腻和香甜味，弥漫开来的清香令我陶醉。

我和弟弟妹妹挎着篮子，跟着母亲到山坡上采摘洋槐花。母亲挥起镰杆，把高处的洋槐花捋下来，我们跑着、抢着，把落下来带着绿叶的洋槐花放进篮子。母亲看到有蜜蜂落着的洋槐花，就会绕开去别处捋洋槐花，母亲告诉我们，蜜蜂采蜜最勤劳，要爱护它们。

晌午的时候，母亲挎着一大篮洋槐花往家赶，不时扭头催促我们跟上。

回到家里，母亲点燃柴火，一大锅水烧开后，母亲把一大篮子洋槐花倒进锅里，加一些柴，火苗蹿得老高。母亲看着我们兄妹说："把洋槐花在开水里煮一下晒干，等冬天了再吃，可香了。"

母亲把煮熟的洋槐花摊在屋顶的竹席上，又忙着进灶屋做晌午饭。不一会儿，父亲从学校回来了，我们端起母亲盛好的玉米面糊糊，夹了些炒好的洋槐花，就着母亲烙的玉米饼吃，洋槐花的香甜味和玉米面糊糊特有的粗粮香味进入嘴里，真是一个满嘴香啊。

母亲拿着积攒的卖鸡蛋钱走几里地去赶集，买些猪肉拿回家，通过听广播获取腌制腊肉的方法，把大部分猪肉腌制成腊肉，留下一小块肉和白菜、粉条熬成一锅烩菜。待面条熟后，母亲先盛一大碗捞面，舀一碗烩菜，让我和弟弟给爷爷奶奶送去。我们津津有味地吃着母亲做的烩菜捞面，母亲和父亲则蹲在一边吃剩饭，我要给母亲和父亲拨些面条吃，他们站起身说："你快吃，我们爱喝玉米面糊糊。"

靠父亲的微薄工资，养活我们几口人是不够的，母亲没日没夜掐麦条辫子、养鸡卖蛋来补贴家用，家里很少买菜，母亲在院子里种了些青菜，做饭时顺手拔一些就够了。

入冬的时候，母亲会把晒干的洋槐花在水里泡一会儿，捞出来用布包着拧干，切几片腊肉，一会儿工夫，一盘洋槐花炒腊肉就做好了。吃饭的时候，父母都把腊肉夹给我们吃。母亲有时还会包洋槐花馅饺子和包子让我们吃，味道香香的。

洋槐花吃完了，母亲就把黄豆炒熟，加上水煮开，放些盐和佐料，又是一道下饭菜。

　　岁月匆匆，我们兄妹伴随着母亲的味道，儿时的童趣，慢慢长大了。我当了几年兵，转业回到地方当了干部，弟弟、妹妹也都成了家，日子越过越好。

　　我时常回忆起那些艰苦贫穷、缺衣少食的往事，感慨万千。母亲给我们蒸的馒头、一盘洋槐花炒腊肉、一碗手擀面条……那些香气，是久违的香气，是苦中带甜的香气，是那个年代主流的香气，是母亲身上独特的香气。

　　母亲的味道是艰苦朴素、勤俭持家的味道，是母亲慈爱关怀的味道，是母亲甘心奉献的味道。

尴　尬

　　每个人都有尴尬的时候，也都有尴尬的生活，而我已经是尴尬许多年了。

　　我这个人吧，心直口快，事业心强，每天早上五点准时起床，看书、写作、听歌已成了习惯。不会打麻将，就连纸牌也不会打，空余的时间会去散步、骑"二八"自行车，沿城中村转大圈，走走骑骑、看看坐坐，运动身体的时候，会想些心事，会发现一些写作的素材。

　　我经常会一个人自驾游，开车到深山老林里去释放自己，路上遇到老人，会捎他们一段路，送他们回家，遇到乞讨者，不管是真是假，会给他们十块八块钱，心里总想着，每个人活着都不容易。

　　"性格决定命运"这句话我信。从部队转业回到地方，凭着自己在部队所学的写作专长、发表的文集，很快就到一家报社上班。长得不算难看的我被好几个姑娘的追求，我谈了一个家住城中村的姑娘，两人很合得来。我提着礼物去见家长，她妈当即就拒绝我了，说话很难听，后来才知道，她家里很有钱，她妈嫌弃我穷，还说什么长得好看不能当饭吃，劝女儿离开我。

　　我盼望着女友和她母亲做斗争，早早嫁给我，她总是说再等等，说她妈脾气太坏，又是更年期，不能硬着来。我理解她的苦衷，等了三年多，我俩的感情升华了很多，而她妈不但没同意，还逼着她四处相亲。她不去，她妈就会大吵大骂，还跑到我单位骂我是癞蛤蟆想吃天鹅肉，不知趣。任性的我终于崩溃了，决定不再坚持了，默默地和她分了手。

没多长时间，我就结婚了，算是闪婚吧。婚后几年，一双儿女出生了，妻子偏执、自私的性格更是锋芒显现，我献爱心做公益，她反对，说我爱管闲事；我俩闹矛盾了，她就会把怨气发泄给我的父母，不接我父母的电话；她趁我不在，去我的公司关空调，说要省电，责骂我的员工。我不想再忍了，没过多长时间，俩人就离婚了。

到了知天命的年龄，尴尬的年龄，快五十岁的我一直过着单身生活，一双儿女大学毕业有了自己的生活，让我轻松了不少。父母的年龄越来越大，我每次回到老家，烧火做饭，开车拉着父母去他们想去的地方转转，听听他们的岁月故事。每次离开家乡的时候，父母都会劝我尽快找个媳妇，不能老是单着，年龄慢慢大了，没有个伴不行，我点头答应着。

人呀，都有七情六欲，我虽说很会独处，把工作安排得满满的，也适应了独处，可只要闲暇下来，心里也会胡思乱想，有种冲动的欲望，幻想着"杜十娘"的出现。

好几次，我梳洗打扮得特精神，启动车，坐在车里不知道去哪里，不知道去找谁，不知道去干啥，挠了半晌脑袋，就索性开车到足浴店里，叫上个漂亮的技师洗个脚。技师不断地动员我做个按摩，我拒绝了，说没必要，洗完脚匆匆离去。

和朋友们聊天中，我让朋友介绍个合适的，朋友调侃说道，你一个作家，还编剧、拍电影，身边会缺女人？别刺激我们了好不好？唉，看来，我只有自己去找了。

偶然中认识了一个单身女士高阳，在国企上班，我俩挺谈得来的，相互间都有好感。她离了婚，儿子大学毕业后上了班，我告诉了母亲。母亲先是叹着气说："男不娶生妻，唉，都啥年代了，只要你俩合得来，就好好处吧。"

我很好奇，就在网上查看"生妻"的含义，得知生妻指的是离婚的女人，我还是尝试着和高阳女士来往。第一次吃饭的时候，我让她点菜，她点了干锅螃蟹，没吃多少，她就说吃饱了，剩了很多。我俩离开时，我不由得扭头看了一眼餐桌上的剩菜，心想，可惜了，剩下的饭菜够两个人吃了。

一次我请朋友们吃饭说事情，打电话让高阳过来，她答应了，说要带她儿子和他女朋友过来，我说改天和她儿子一起吃饭，她似乎很坚持，说她儿子早就想见见我，我只好有些违心地答应了。几杯酒下肚，高阳的儿子端着酒杯站到我身旁，有些醉意地对我说："叔，你要照顾好我妈，这杯酒敬您了。"

看着朋友诧异的目光，我有些不知所措。饭局结束了，高阳开着我的车先是送她儿子回家，又送我到了小区楼下，我说："天太晚了，给你拦个车，你回去吧。"

高阳一脸失落的表情，说了声"我送你到楼上吧"，我说"没事，我能行"。高阳坐着车走了，我扭头上了楼。

没多久，我的新书出版了。开新书发布会那天，我一大早打电话给高阳，想接她过来参加，打了几次，都没人接电话，过了好大一会儿，高阳回电话说，她去晨练了，没拿手机。我告诉她说，我在布置发布会现场，给她发了位置，让她过来，她支支吾吾地答应着。

发布会开得很成功。发布会结束了我才发现，高阳没有来，我担心有啥事，就打电话给她。她电话里说，她上火了，脸上长了个小疙瘩，没好意思过来。

我挂掉电话，沉默了许久，打那以后，我和高阳的联系渐渐少了，她会给我发布的文章点赞、评论，我莫名地也就不再多联系她了。

在一次公益电影演员海选的时候，一个面孔熟悉的女孩给我打招呼问好，我点头回应，女孩走到我跟前停下说："老师，您的书写得真好，我看了好几遍。"

我打量着眼前的女孩，二十多岁，穿着得体，很漂亮，一双乌黑的大眼睛清澈有神。我终于想起来了，新书发布会那天，她一个人买了我六本书，说是要把我的新书分享给家人和朋友阅读。

通过聊天知道，她叫晓娜，正在读大三，学的是编导专业，今天是参加试镜来了。

我在和晓娜交往的时候，发现她特别爱学习，特别善解人意。晓娜毕业后就跟着我做助理工作，把我的工作打理得井井有条，我心里充满了感激。

磁场和灵魂相似的人是相互吸引的。不知不觉中，晓娜跟我交往两年多了，我鼓励她继续考研，做自己喜欢的事情，规划好自己的将来，晓娜很听话，毕业的第三年，终于考上了传媒方向的研究生。我俩在高铁站分别的时候，晓娜忽然扑进我的怀里，告诉我她喜欢我。

我没有感到吃惊，像抱自己女儿一样抱着晓娜，有些语无伦次地说："不要说了，晓娜，我理解你，到了学校好好学习，有啥事只管给我说，你的路还很长，你将来一定会有成就的。你爱学习，很自律，我看好你，你和我的女儿没啥两样。"

晓娜去上学了，我依然忙于自己喜欢的事情：学习、写作、锻炼、听歌……

后来，晓娜给我写了很多信、发了很多信息，表示不愿做我的女儿，我就草草回上几句话，告诉她，我快结婚了，要她好好学习，天天向上，走好自己的路。

其实我依然过着单身狗的生活，在尴尬的年龄里做着尴尬的事。我觉得这样挺好，把烦恼交给上天处理吧，过好当下，有为有果才是我应有的追求。

收麦子

　　我今天写的不是现在的机械化收麦，是我小时候印象中的收麦，20世纪70年代，那时候收麦子全都是靠人工完成的。

　　俗话说："蚕老一时，麦熟一晌。"麦子熟了，放眼望去，到处一片金黄，热风吹起阵阵起伏的麦浪，饱实的麦穗时而点头、时而仰头，像在告诉人们，该收麦了。

　　夏天就像小孩的脸，说变就变，烈日炎炎的天气转眼间就会乌云密布，雷电交加，下起倾盆大雨来。割麦需要趁着好天气。老公鸡打鸣了，我爷爷领着一家人，拿着磨好的镰刀，去田地里割麦。全家老少齐上阵，弯腰弓背地割着麦子，周围静悄悄的，嚓嚓嚓的割麦声响成一片。

　　全家人起早贪黑地辛苦劳作，麦子终于割完了，捆成一捆捆的，几个叔叔推着独轮车、拉着架子车把麦子运到打麦场垛好。一家人都非常关注天气的变化，爷爷走到哪儿都抱着一台黄河牌收音机，为的是听天气预报。两天后，爷爷决定打麦。打麦场最热闹、最忙碌的时刻到来了，我父母和叔叔婶婶们把一捆捆小麦挑开，用木杈把麦子摊开摊匀，爷爷在一边摆弄碾压麦子的石磙，老黄牛卧在打麦场边的柿树下，时而打量劳作的人群，时而咀嚼倒沫，它知道，一会儿就该它上场干活了。

　　打麦终于开始了。爷爷吆喝了两声，老黄牛拉着石磙在打麦场里转起了圈圈，石磙发出有节奏的"吱呀吱呀"声，小麦在石磙的碾压下，慢慢地低下了头。

叔叔、婶婶用木杈翻动着碾压的小麦,小麦在石磙反复碾压下,脱皮的麦粒沉落到最下面,麦秆被石磙碾压得松软了很多,变成麦秸。麦秸软如布匹,在太阳的照射下,白里泛黄,亮如银光。我们几个小孩光着脚,打闹着,跟在游动的石磙后边,在柔软的麦秸上翻着跟头。

爷爷停止吆喝,弯下腰抓起几粒麦子看了一下,放进嘴里一边咀嚼一边说道:"今年的麦子不赖。"

石磙的"吱呀吱呀"声终于停了,爷爷把老黄牛牵到树下拴好,一家人喝了奶奶送来的绿豆汤,坐在打麦场边上歇息。

一会儿,我二爷过来了,他是来帮着我家盘麦秸垛的,我们过去和二爷打过招呼,我爷爷和我二爷他哥俩说着话。

要开始盘麦秸垛了,爷爷和二爷先是在打麦场一角落里铺上一层约十厘米厚的麦糠,一圈一圈用脚踩实、铺平,这算是麦秸垛的根基。一家人用木杈挑着麦秸往上放,爷爷拿着木杈站在中心的位置,双手挥舞着木杈画着圆,两脚不停地踩踏着麦秸,麦秸垛越盘越高,圆柱体的麦秸垛垛到了一人多高。麦秸挑完了,二爷和我几个叔叔在麦秸垛下面半米处拽麦秸,把拽下的麦秸往上送,每个人都被炙热的太阳晒得汗流浃背,满脸土尘。太阳就要落山了,蘑菇状的麦秸垛终于垛成了。这还不算完工,二爷把黄土掺麦秸和成的泥装进一个皮桶里,站在麦秸垛顶上的爷爷用绳子把皮桶拉上去,蹲下身,把泥往麦秸垛圆锥形的顶上糊。我为爷爷捏了一把汗,喊着爷爷要小心,爷爷笑着说没事。

二爷告诉我,往麦秸垛顶上糊泥是防雨的,麦秸淋了雨就会发霉,卖不了好价钱,牲口也不会吃。

天快黑了,蘑菇一样的麦秸垛终于垛成了,一家人松了一口气,拖着疲惫的身体往家走去。

第二天一大早,爷爷和我们就来到了打麦场。先是抓起一把麦粒往上一扬,就知道风向了。爷爷拿着木锨开始扬场,叔叔拿着扫把轻轻扫去麦糠皮，也叫晾场。一天的忙碌，麦子彻底脱粒完成，晾晒两天就能装袋归仓了。

　　爷爷坐在打麦场的石碾上，看着一家人背着一袋袋小麦往家扛，脸上乐开了花，装满一锅旱烟点上，飘动的烟雾挡不住爷爷一脸的喜悦之情。

说老不老，说小不小

蓦然回首，岁月匆匆，黑丝变白发，皱纹脸上爬，自己是老了吗？不愿去多想，心里有很多时候会问自己，时间都去哪儿了？眨眼间，小小的少年已变成中年油腻大叔，会偶尔辗转反侧失眠，会单曲循环听一首歌，感觉自己已是曲中人了。

看窗外，或生机盎然，或百花锦簇，或果实累累，或银装素裹，春夏秋冬，轮回而过。四季人生，酸甜苦辣。

春暖花开的时候，一个人走在山水间，花香鸟语，溪水潺潺，粗糙的双手摩挲与日俱增的白发，抚今追昔的情愫涌上心头。70后的我们吃过五分钱的冰棍，喝过两毛钱的汽水，点过煤油灯上学，穿过打补丁的衣裤，看过十二英寸的黑白电视，口袋里装着青杏，跑过十几里路去看露天电影……往事如昨，却再也拽不回来了，忘不掉的是满满的幸福回忆，继续着的是一地鸡毛的生活。

五十多岁说老不老，说小不小，是一个尴尬的年龄，养老尚早，做事难搞，心里的那份不甘与无奈常常萦绕。只有拼搏，心里梦想依旧，舍不得放弃。

去年，刚五十岁出头的战友平时看着很健康，却因突发疾病说走就走了，留下妻子和女儿。好心人劝他妻子再找一个伴儿，她说，算了吧，没有那份情感兴趣了，没有那份激情了，好好带好女儿就够了。

　　激情和热情正在与我们渐行渐远，偶尔穿上时髦的衣服，打扮一番，想像年轻时候一样出去游玩，去KTV、去蹦迪、去夜店，盼着有艳遇，遇到心里的那位"杜十娘"。打扮好了，站在镜子前一照一看，总感觉很别扭，这不是老黄瓜刷绿漆装嫩嘛，不行，这太恶心了，都多大了还有这种想法，还不如把省下的钱买些美食划算，心里觉得自己有些龌龊和猥琐，便会自言自语一句，上天啊，饶恕我吧。

　　说老不老、说小不小的我们，上边有年迈的父母需要照顾，中间有我们不甘心的事业需要奋斗，下边有满堂的儿孙需要操心，生活让我们沉默，只想沉默。沉默不是刻意做作，不是孤傲清高，与世无争，是不为失败的痛苦而失去希望，是不为成功的喜悦而冲昏头脑。沉默不是忧郁，不是放弃，更不是怯懦，是一种黯淡素雅的美丽。生活，顺其自然就好。

　　我们就像一个个彩色的陀螺，生活在扬鞭，我们就得随着扬鞭的节奏去旋转，旋转出精彩，旋转出色彩，旋转出心酸，旋转出无奈。我们旋转晕了、累了，就躺下歇歇，再歇歇，再旋转，再旋转。

我的父亲母亲

我们一家人开着车奔驰在高速路上，妻子看了看前方对儿女们说："快打电话给爷爷奶奶，说我们在高速上，过两个小时就到老家了。"

儿女给我父母打着电话，妻子轻声对我说："老公，开车累吧，要不让儿子开会儿？"

我看了看妻子说："媳妇，回老家怎么会累呢？放首歌听听吧。"妻子按动开关，歌曲《我的父亲母亲》飘荡在车内。

一家人不断轮流地接到我父亲、母亲打来的电话，询问走到哪儿了，让开车慢点，让我们别在外边吃饭，家里都做好饭了。

一路的颠簸，终于回到了老家，父亲和母亲早已站在家门口等着我们，车还没停稳，母亲就走到车旁说道："你们走了这么久，早已都饿了吧，快回家，我给你们擀的面条，先吃饭。"

父亲迎过来，我打开车后备厢说："这是我买的年货，还有给您和我妈买的衣服。"

"家里啥都有，你又花钱买这么多。你们赶紧回家吃饭，我来拿。"父亲边说边拿东西。

吃着母亲做的手擀面，依然是小时候的味道，母亲给我们添完菜说："我把你们住的屋都打扫过了，被子也都晒了，你们跑了几个小时的路也累了，水我烧好了，吃完饭烫个脚，早点歇着。"

我们和父母说了会儿话，便进屋休息，开开门的那一刻，我的眼前一亮，屋里暖暖的，两年多没回来了，屋子里的地板干净如新，空调静静地吹着暖风，桌子和沙发异常干净。妻子掀开被子说道："真暖啊，妈给咱铺了电热毯。"

我的眼睛湿润了，对妻子说："咱父母都七十多岁的人了，以后再忙，咱都要常回家陪陪父母。"

妻子点点头说："嗯，老公，我们再忙都要常回家陪陪父母。"

清晨，睡得正香，我们被院子里轻微的声音给吵醒了。我和妻子穿上睡衣开开门一看，到处都是白茫茫一片，雪花像千万只蝴蝶漫天飞舞，父亲和母亲在清扫院子里厚厚的积雪，头上落满了雪花。我赶紧走到院子接过母亲手里的铁锨说："妈，您和我爹回屋歇着，我来。"

母亲抖动着头上的雪花说："你们咋不多睡会儿，我们扫雪把你们吵醒了吧。天冷，别感冒了，火上熬着红薯稀饭，一会儿做几张你们爱吃的葱花饼，凉拌一盘热豆腐。一会儿就吃饭。"

吃完早饭，我站起身说："妈，您一会儿给我理理发吧，头发太长了。"

母亲看着我说："你整天在外边见的人多，我怕理不好，你去咱镇上理发吧。"

父亲接着说道："你妈妈的眼睛也花了，怕给你理不好。"

我打量着眼前满头白发的父亲和母亲，发现父母的背驼了不少，也瘦了很多，我的心震颤了一下，父母慢慢地变老了。

我坐到母亲的身边说："妈，我从懂事到上中学，穿的衣服都是您给我做的，也都是您给我理的发。"

母亲开心地笑起来，看着我说："你上小学的时候还听话，到了初中就不咋听话了，说我理得不好，嚷着要去理发店理那个啥发型来着。"

"明星头，爆炸款发型。"我抢着说道。

母亲若有所思地对我说："记得你小时候和我赶集回家的路上，背着我偷偷到理发店把头发给烫了，理了那个啥明星头，回来还让你父亲数落了半天。"

我笑着说："父亲说我烫了发，男不男女不女的。"

父亲站起身，从抽屉和柜子里翻出了已经生锈的推剪、扩剪和木梳说道："放了多少年了，都生锈了。"

我接过父亲手中的推剪和木梳，看了好一会儿，母亲当年给我理发的情景又浮现在了眼前……我把推剪递给妻子说："媳妇，把它保存好了。"

我和妻子开车行驶在雪地上，妻子说："老公，走雪路，开慢点。"

我看了妻子一眼说道："媳妇，咱爸今天一大早就把车上的积雪给弄干净了，还把轮胎防滑链给装上了。"

太阳出来了，路上的雪开始慢慢融化，妻子要我说说父亲和母亲年轻时候的故事。

我点着头，思绪回到了几十年前……

经媒人介绍，父亲和母亲相遇了。风华正茂的父亲是村上的一名民办教师，母亲是一名戏曲演员。母亲年轻美貌、聪明伶俐，让父亲沉醉；父亲英俊、善良又正直，让母亲深爱。他们很快就沉浸在甜蜜的爱河中，婚后的父母是幸福甜蜜的。

那个时代里，他们和所有年轻人一样，沐浴着时代的阳光雨露，积极工作，努力生活着。几年后，家中相继增添了我们兄妹三个，父亲和母亲无微不至地照顾着我们，呵护着我们。

有时候我们还会吃不饱，我姥爷时不时会走几里路，背着一小袋白面往我们家送，临走时还会给我母亲一些钱作为接济。

为了养活我们一家五口人，父亲白天在学校努力工作，有空了就带着我们兄妹三个砍柴、种菜、采山药。母亲是村里的妇女大队长，除了工作，她给父老乡亲们无偿地剪裁衣服、说媒什么的，在村里非常有人缘。

父亲每次回到家里，就会拿出母亲为他缝制的旱烟包，旱烟包上绣着几朵红色的小梅花，也许与我母亲的名字有关吧，我母亲叫松梅。父亲拿出一沓裁好的长方形纸片，先是窝个折，再从旱烟包里掏出一些揉碎的旱烟片摊匀，在手里拧上两圈，伸出舌头一舔一粘，一根自制的烟卷就卷成了。父亲点上烟，吧嗒吧嗒地吸起来。

父亲趁着节假日，拿着镰刀和绳子到山上去砍荆条，背回家后把荆条编成四方耙子，晒干后送到村外的煤矿上卖些钱，回来给我们兄妹几个买些油条和包子。

母亲只要闲下来，就会掐麦条辫子。麦条辫子盘得一圈一圈的，够20圈了就算一盘，屋里的墙上挂满了掐好的麦条辫子，村里来了收麦条辫子的，母亲全都拿出来卖些钱补贴家用。

在清苦而不乏快乐的生活中，我们兄妹三个渐渐地长大，父亲转成了公办教师，当上了村小学的校长。我当了几年兵，转业回到地方，先是到了日报社工作，后来又调到电视台当了干部，弟弟依靠开大车的技术搞运输，妹妹大学毕业后当了一名光荣的人民教师。

我们长大了，父母变老了。年迈的父亲和母亲更加恩爱了。他们一起去田间地头劳动，他们一起喂鸡喂猪，他们一起添水做饭，他们一起去看戏……他们恩爱和睦的情景就是一道美丽的夕阳红。

我和妻子说着说着就回到了家门口，下了车，妻子搂着我的胳膊走进院子，父母迎了出来，母亲说："我和你父亲刚从家门口回来，就觉着你们快回来了，赶紧进屋吧，外边冷。"

儿女们也跟了过来，我们一家人进了堂屋坐下，母亲说道："你兄弟一会儿就回来了，你妹小妞听说你们回来了，明天一早就回来看你们。"

我高兴地应着，让妻子把我买的推剪、扩剪和木梳拿了出来，我双手递给母亲说道："妈，我新买的推剪和木梳，您给我理发吧。"

母亲愣住了，站在一旁的父亲说："你就给儿子理吧。"

我的儿子站起来说："奶，您给我爸理发，也得给我理发。"

母亲说："那好，我给你们理，可别嫌我理得不好看。"

"妈，您理的发型最好看。"我说着坐在凳子上，等待着母亲给我理发。

父亲把老花镜递给母亲，母亲戴上眼镜，把我买的斗篷给我围好，梳着头发用扩剪先是咔嚓咔嚓地剪了一会儿，又拿起推剪剪了起来。母亲理发的速度没有以前快了，理一会儿就左右前后看看，我心里明白，母亲是要给我剪出她心目中最好看的发型，儿女们在一旁高呼着："奶奶太棒了！奶奶太棒了！"

我闭着眼睛，听着推剪的咔嚓咔嚓声，一颗心仿佛又飞回到了孩童的那个年代……

独　处

不知不觉中，我渐渐地开始喜欢独处。

一个人坐在马扎凳上，看着院子里的向日葵发呆、思考，一个人戴着耳机听音乐，一个人骑着自行车游走在乡间小路上，一个人坐着或是躺着抱着一本书阅读，一个人被影视剧的某个情节或人物所触动，一个人站在窗前眺望着远方。

身在异乡，一个人独处，会感到没有安全感，外人的一个微笑，便会认定是金兰之交，便会掏心掏肺，可到最后还是被排挤了出来。朋友群中，总认为一些人是相见恨晚，时间长了，慢慢地也就麻木了。

过往的生活中，我的朋友圈越来越大，认识的人也渐渐多了起来，各种交际应接不暇，我确实感觉到了充实感、成就感，像是熊熊燃烧的烈焰，让我激情四射，自认为结交了不少朋友，曾自叹，朋友多了路好走。

岁月匆匆，时过境迁，蓦然回首，开始厌恶那份刻意、违心的迎合，有意图的社交，它让我心力交瘁，无法去做真实的自己。

不知不觉中，我躁动火热的心开始平静，取消了不必要的应酬，做有意义的社交，做自己喜欢的事情，渐渐喜欢上了独处。

独处，令人惆怅的词语，独处的身后便是无边的寂寞。

独处，让我学会了思考，在沉静中，慢慢地去思考一些东西，去领悟生活中的点点滴滴，去做自己觉得有意义的事。

　　大地还没有完全苏醒，整个世界是干净的。一夜的休眠和沉淀，我的心灵是干净的，空气是清新的，身体充满了能量。

　　早早起床，叫醒太阳，叫醒晨风，晨练一会儿，打开电脑写文章，抽烟、喝茶、敲击电脑键盘，移动电脑鼠标。一篇散文终于写完了，站起身伸个懒腰，看看墙上的钟表，早上七点，总算又做了一件有意义的事情，戴上耳机听会儿音乐，与世界隔离，独自畅游在美妙的音乐里，感受曲子的温柔和内涵，想着接下来要做的事情。

　　日落天黑，尘埃落地，喧嚣止息，躺在床上，透过窗台，凝望星空。想想远方的爹娘和妻儿，互报个平安，睡梦中，坐上乡愁的月亮船驶向久别的故乡。

　　古人独处时，会静坐孤星赏月，会庭院赏雨，会吟诗作赋……古人对书籍的热爱不仅仅是文字，更是对书卷不离手的一种迷恋。他们这些独处让自己内心世界更加充盈。而如今，人们习惯于在地铁上利用碎片化时间进行手机阅读，阅读的内容多半是娱乐八卦、心灵鸡汤、世界趣闻……

　　现代化的生活很便利，也很忙碌，需要修身养性，学会真正独处，享受独处。

　　每天除了做自己喜欢的事，大部分时间都是自己独处，我觉得挺好。

　　我看着幽蓝的苍穹，明月悬挂，繁星闪烁，就会感叹宇宙的神奇。我听着雨声，看着雨水滴落在房檐上溅起的水花，听着雨滴拍打在窗户上发出的吧嗒声，就会想起雨打芭蕉的美妙。我练习书法的时候，就会想起何谓字如其人，何谓为人处世。与人交往正如写字一样，该强硬时不能妥协，该圆滑时不能执拗。我听有声散文时，那些优美的文字让我感受到不同时代的种种情怀。

　　我敬畏大自然，喜欢大自然，独自一人去散步、登山，坐在山顶看日出，游走大山深处，呼吸泥土、花草的芳香，看落日下的云霞，看田地里碧绿的麦浪，看清澈溪水潺潺地流动……

　　生活的乐趣往往在独处的时候会迸发出来。静谧的时光里，你会发现岁月静好，独处的日子，总能轻易改变一个人的气质，这是独处给你的回馈。

独处，犹如一篇美丽的散文，有凄凉，有伤感，有失落，有寂寞，有孤单，有收获，有幸福。独处正如歌中唱的那样："爱着你的爱，梦着你的梦，悲伤着你的悲伤，幸福着你的幸福……"

娶新娘·闹洞房

在20世纪七八十年代物资匮乏的岁月里，谁家要娶媳妇，村上的每家每户都会往新郎家送块豆腐或是一小兜鸡蛋表示祝福，体现了村子里乡亲们的和睦之情。

我们村上的二发二十多岁，父母找人掐了八字，终于要在11月16日结婚了，一家人几个月前就开始忙活着迎娶新媳妇。二发和小时候的几个玩伴忙着整新房，用白石灰把屋里的墙粉刷了几遍，用水泥把屋里的地抹了个遍，用芦苇秆把屋顶拼成格格状，把牛皮纸一张张放在上面，我们老家叫封棚，和现在房屋装修吊顶是一样的，新房顿时高档了不少。二发的父母忙着把结婚的日子告诉亲戚们，忙着找待客的厨子写菜单，忙着找匠人们做家具，忙着缝制新被褥。

到了11月15日一大早，村里的几个厨子拿着做饭的炊具来了，找来砖头、和好泥，在二发家院子里盘了两个大灶，蒸馍煮肉、择菜洗菜忙作一团。村上一家一个人过来帮忙，总管进行分工，将挑水、端菜端饭、照应客人、抬嫁妆、迎亲、放炮、记礼单等岗位分得清清楚楚，分完工，给每个人发一盒烟说："都要好好干。"

中午时分，村里电影放映员骑着自行车来了，车上带着两个铁盒，里面是电影胶片。一群人围过来，问晚上放啥电影，放映员拿掉嘴里的香烟说："一部戏曲片，一部喜剧片。"

　　天慢慢地黑了下来，二发的好友有走着来的，有骑自行车来的，来了一大群，二发父母的朋友、村上的乡亲都来随礼祝贺。清脆的鞭炮声响起，院子里的露天电影开始放映了，二发家热闹成一团，炒菜声、划拳声、电影声、欢笑声响彻一片。

　　二发家院子里的喧嚣声持续到大半夜才结束，院子的角落里，一位驼背老大爷在洗刷着一大堆碗筷。二发屋里围满了人，筹备明天迎娶新媳妇的大小事。

　　天还没大亮，二发家的院子里就热闹了起来，太阳出来了，《百鸟朝凤》的唢呐声拉开了迎亲的序幕。二发在唢呐声中拜了祖先，在娶客的主持下，披好红绸、拜了父母，在一群人的簇拥下，坐上拖拉机迎亲出发了。

　　到了女方家，先是让二发和娶客吃饭。为了早早把新媳妇娶回家，娶客催着炮手放炮。三声炮响，二发拜了岳父、岳母，接着，在喜庆的唢呐声中，三拜九叩，漂亮的新娘穿着一身红衣服，坐上了花车。鞭炮一路燃放，唢呐一路吹打，拖拉机花车一路颠簸，就离家越来越近了。

　　二发家的大门口早已是人头攒动，等着花车的到来。中午十二点，花车准时到了家门口，二发和新娘扯着一根红布，踏着竹席，在众人的推搡下，走进了家。唢呐声声、鞭炮声声，喜公公和喜婆婆被村里的同辈人化了妆，两人的脸被画得跟唱戏的一样。二发和新娘拜完花堂，两位女娶客把新娘送进了洞房。

　　洞房里挤满了人，新娘给大人发烟点火，给小孩发糖果。结婚头三天不分大小，男女老少都可以闹洞房，闹得越热闹越好，凡事都是图个喜庆。新娘出嫁前，母亲早就把闹洞房这些事一五一十地告诉了女儿，嘱咐女儿要忍着，不要发脾气。新房里的人越来越多，新娘心里害怕起来，抓起一大把糖果往人群里撒去，大家一哄而上，场面顿时热闹了起来，开玩笑的，说粗俗话的，有的还趁机在新娘脸上摸一下。一群年轻人把新郎、新娘绑在一起，站在床上一起吃一块糖果。个子高大的孬孩儿提着一根红线一高一低，红线绑的糖果晃来晃去，新郎和新娘实在是咬不着，年轻人喊着"我们帮你俩咬"，把两人推倒在床上滚来滚去，有人按着新郎、新娘的头，让他俩亲嘴。

闹洞房的节目一个接一个，弄得新郎、新娘无力招架。新娘想发脾气，想起了母亲的嘱咐，发脾气会冲走喜气，只得强装笑颜，任众人摆布。

闹洞房持续到半夜，人都渐渐散去了。新郎、新娘熄了灯，准备睡觉，一群人偷偷摸摸溜到窗户下，先是把耳朵贴在墙上偷听一会儿，然后点燃几个鞭炮扔下就跑。炮声让洞房的灯亮起，新郎二发嘟哝着披衣开门，看不着人，急忙回洞房熄灭灯，不一会儿，窗外又响起了鞭炮声……

五十岁

五十，我有些排斥的数字，小时候，听到有人说，谁谁四五十了，我心里会想，都那么大了。岁月如梭，转眼间，我就要步入五十岁的行列了。

我出生于20世纪70年代，记事的时候，经历了两年大锅饭，还模糊地记得，跟着大人搞大寨田，吃大锅饭。我和玩伴一起拾麦穗、割草、拾粪，送到生产队饲养室挣工分。后来农村实行了责任田，父母去田地劳作农活，我在家里看护弟弟和妹妹，学着做饭。

我们兄妹三个偷吃过母亲准备走亲戚的点心，偷吃过邻村人家瓜园的西瓜，觉得特别兴奋。

上小学的时候，我们唱过《东方红》，几个玩伴经常模仿电影《闪闪的红星》里面的潘东子，一起追逐过田野里飞来舞去的蝴蝶和蜻蜓；夏天躺在房顶上睡觉，看着幽蓝的苍穹，幻想过飞上天，到月球里去看嫦娥……

在岁月的年轮里，我年少时期的梦想和期待，有的慢慢实现，有的变成泡影。高中毕业了到新疆当了兵，复员后按部就班地工作、结婚、生儿育女，还没弄明白活着是怎么回事，弹指一挥间，我已从青春年少慢慢走向风华卓绝的奔五岁月，到了知天命的年龄。

我过着上有父母下有儿女的生活，担负着家庭的责任，维系着安静平淡的婚姻，呵护着长大的儿女，做事、挣钱，养家糊口依然是我生活的主旋律。有时候会莫名其妙地心烦，谁也不想理睬，还会无名地发脾气，看什么都觉得不舒服、不顺眼，心里就是憋得发慌，觉得身边的人都不了解自己，突然感觉自己与社会有些脱轨了，突然想不顾一切，背起行囊，走出家门去流浪。

我想要发泄，想要放肆，想要喝酒唱歌，想要找异性喝茶聊天。穿上自以为还算时尚的衣服，梳好发型，照照镜子，走出家门，启动越野车，这时候，我心里又想起了医生的话，根据体检的情况，你要戒酒戒烟，我的心里有点迷茫，想退缩了，那就找异性朋友去喝茶聊天，心里又一想，我找谁呢？我该找谁呢？

坐在车里，我把车座往后推了推，闭着眼睛，半躺半卧，我是孤单？我是寂寞？我是无助？不知道，我在车里大喊一声："去你的！"索性一脚油门，开车跑到了深山老林，独自爬山。累了，坐在林间小溪旁，脱下鞋袜，赤脚泡在溪水里，顿感丝丝凉爽，点燃一根烟，看着山间美景，听着鸟鸣，躁动的一颗心慢慢平静了下来，想想父母，想想相濡以沫几十年的爱人，想想事业有成的儿女，心情变得好了不少。

肚子饿了，想喝爱人做的玉米面糊糊、小葱拌豆腐、千层饼了，站起身自语一句："快当爷爷的人了，好身体、好心情比啥都重要，回家喽。"

周末了，我们一家人回到老家，父母早已准备好了我们爱吃的饭菜，我和父母还喝了两小杯酒。父亲对我说："我和你母亲拍的家乡短视频很多人点赞，还吸了不少的粉丝呢。"

我看着父母拍的视频，觉得拍得挺好，一个劲地夸赞，父亲说，人一辈子活的就是一份好心情，心情好了一切都好了。

我告诉爱人，我们都很年轻，没有老，我还要继续写作、创作。爱人说："我当初就是看了你写的书才认识了你，又不顾一切地嫁给了你，老公，你永远是最棒的！"

爱人对我说，她要练书法、学画画。我俩君子协定，每个周末我们都要来个一日游，游山玩水、听鸟鸣、泡温泉……我俩聊了很长时间，觉得50岁才是真正人生的开始，我们聊得很有激情。

渐渐地，我对"五十"这个数字不再排斥了，敞开心扉地接纳了它。世间万物都会老，老是必然的，我们要欣然遵循大自然的规律，尤其埋怨感叹着"不愿老去"的时候，不如静下心来，开心过好每一天，去做些自己喜欢的事情，充实自我、活出自我、活在当下。

规　矩

周末了，一家人开着车回到了老家，父母早早站在大门外等着我们，母亲边走边数落我乱花钱给他们买东西。进了屋还没说上几句话，母亲就起身进了厨房给我们做饭，父亲到院子的菜地里拔菜。

儿子小时候的玩伴过来找他，小伙子上身穿的是白色T恤衫，下身穿着牛仔裤，裤子的膝盖处两个大洞格外扎眼。我苦笑着说："你穿的裤子挺有特色。"小伙子低着头拉着我儿子出去了。

一些年轻人的穿着恕我不能苟同，我也无法领悟服装设计师的用意，也许是自己赶不上时代潮流了。

我走进厨房，母亲给我捞了一大瓷碗手擀面，放上一些细细的黄瓜丝，浇上西红柿炒鸡蛋，黄瓜丝的清爽香甜、西红柿的酸香和鸡蛋的鲜香夹杂着手擀面的面香，吃进嘴里，满口的香，让我瞬间吃出了儿时妈妈的味道，欲罢不能。母亲把面汤放在桌上说："吃碗面，再喝点面汤。"

吃完饭，坐在院子里的银杏树下，母亲摇动着手里的芭蕉扇，这让我想起了小时候母亲坐在煤油灯下，一边给我讲故事一边驱赶蚊虫的情景。

我对父亲母亲说："母亲做的饭吃着就是香，我经常在外面吃饭，总觉得肉没以前的香，就连西红柿也没咱家的吃着好吃，手擀面就更不用说了。"

父亲接话道："咱家的吃食都是自己种的，天然的，吃起来是香，外面一些不守规矩的人给蔬菜加催熟剂、喷农药，咋会好吃呢。”

母亲笑着说：“你呀，是身在福中不知福，生活条件好了，你吃得多了，嘴都吃刁了，要多在家里吃饭，自己做的吃着可口。有炊烟，有人念，有饭吃，有家回，才是最大的福。”

在老家住了两天，要回城了，满头白发的父亲和母亲走来走去，忙着把早已准备好的青菜、面粉、鸡蛋装满了车的后备厢，嘴里不停地嘱咐我说：“辣椒和西红柿不要放冰箱，要把面粉放在阴凉通风处。”我不停地点头答应着。

我开车走在路上，心里有些沉重，想着以后要多抽时间陪陪父母，他们都慢慢变老了。忽然，后面一辆黑色跑车响着刺耳的喇叭声，“嘟、嘟、嘟”地压线疾驰而过，超过了我的车，我紧急点踏着刹车，两车差点碰撞在一起。我的火气升起又降下，妻子的手在我的肩上拍了拍说：“不生气，咱不生气。”我叹了口气，如果放在十年前，我一定会追上去臭骂司机一顿，简直太不守规矩了。

现实生活中遵守规矩的人少了很多，现代人“唯我”的意识越来越强烈。一些人在追求自身利益的最大化，只图自我，根本无暇顾及什么“道义”和“规矩”了。

一些作家为了博人眼球，起怪书名，重笔描述一些拥抱接吻，甚至色情细节，书遭到了封禁，还自我解嘲地说：“你们不懂文学创作。”我惊叹于几十年前的一些书，它们有强烈的代入感，能让读者产生强烈的共鸣，让我收获多多。究其原因，其实很简单，那就是守规矩，真实，不做作，接地气。

规矩是分寸，是底线，是人品。古人云：“无规矩不成方圆。”人生在世，修身养性，与人交往，做事创业，处处都离不开规矩，规矩是每一个人心中的一把尺子，里面深藏着一个人的底线和原则。有做人的规矩，有做事的规矩，做人做事，只要守规矩，做到仰头不愧天、俯首不愧人、抚胸不愧心，每天自我醒悟、自我完善，才是对自己的尊重，才是对社会的尊重。

我曾是军人

岁月如梭，白驹过隙，转眼间几十年过去了，回忆起岁月往事，我最难忘的经历就是我的军旅岁月。

二十多年前，高考落榜的我在父亲的鼓励下报名参军，经过严格的体检和政审，成了一名新兵战士。我怀着激动的心情，走进了向往已久的绿色军营。

入伍到了部队，远离了父母和亲人，结识了五湖四海、同甘共苦的战友。紧张有序的部队生活，让我理解了当兵的真正意义，让我渐渐地懂得了神圣的军史，让我明白是千万烈士的身躯铺就了从南昌到北京的路程，是三军将士的赤胆忠心，守护着祖国的太平盛世。

部队就像一个大熔炉，铸就了军人的军魂，教会了我勇敢忠诚，奉献牺牲；教会了我遵纪听命，拒耻争荣；教会了我宠辱不惊的成熟与冷静。

龙腾虎跃的军营生活中，我时刻按照部队的条例、条令严格要求自己，训练场上的摸爬滚打，体能极限的挑战训练，让我知道了什么是真正的苦与累；让我明白了部队纪律严明，一切行动听指挥，就是让军人拥有更强的执行能力，按时完成部队赋予的各项任务。

"艰苦"二字就像是军营生活的代名词。阅兵仪式上，军人们正步走得威风凛凛、整齐划一，并非一日之功。我们连队为了练出队列的硬功，单是"四面转法"的动作，就不知道在每个人的脚下"拧"出了多少个坑。军姿训练中，我们站在凛冽的寒风中纹丝不动，即使有蚊虫叮咬，也依然是站如松，有的战友晕倒在地，短暂的休息过后，又迅速走向训练场。军人要"站如松、坐如钟、行如风""踢脚一阵风，抓地一个坑"，这是训练踢正步的动作要求。连着几天训练踢正步，我大腿根疼得上下高低床都困难，可我毫无怨言，因为我心里知道，我是一名军人，我时刻都会感到万分的自豪。

军人虽说有钢铁铸就的意志，但毕竟是血肉之躯，也有七情六欲。每逢节假日，我会默默地想念父母和亲人，会想起故乡美丽的姑娘，会忍不住鼻子发酸，默默地流泪，再默默地擦去。

站岗对于士兵而言，是军旅生涯的必备功课。记得有一次是我站岗，我身背钢枪守卫在团司令部大门前，忽然驶过来一辆军车，车上下来一位将军。我立正敬礼，老将军还礼后上前一步走近我，问道："小同志辛苦了，你们连队生活怎么样？"

我双目注视着将军，大声回答道："报告首长，不辛苦，连队生活吃得饱吃得好。"

望着将军笔直的背影，我想起了"不想当将军的士兵不是好士兵"这句话。这句话是勉励我们要有信仰、有目标、有雄心，认真做好自己的本职工作，绝不能好高骛远，空有抱负而不去脚踏实地、认认真真做事。

部队生活严肃中不失活泼，来自五湖四海的战友们经常会踢一场足球，打一场篮球，弹着吉他唱唱歌，拉拉家常，洗衣晒被，写写书信，每星期还会看两场露天电影。我们自编自演的文艺节目，逗得战友们笑声一片，我们雄壮嘹亮的歌声，会把我们自己感动得热泪盈眶。

绿色军营给了我勇敢、坚强、智慧和力量。军人，是英雄的化身；军装，是最美的时尚。我就像是一块毫无光泽的铁块，在部队这个大熔炉里得到冶炼、淬火、蜕变，在百炼成钢的过程中，有欢笑，有泪水，有坚强，有收获。

军训场上的摸爬滚打，练就了我坚韧的性格和强健的体魄，军营的政治学习，铸就了我永不褪色的红色思想。作为军人，四处漂泊，早已习以为常，就像是蒲公英的种子一样，飘到哪里就在哪里落地生根，坚韧地成长。

我的写作、书法、唱歌的特长被部队了解后，我先是在连队当文书，当连队教歌员，负责创办连队的黑板报，用彩色的图文展示连队的生活和官兵的心声。我教全连官兵唱的第一首歌是《战友之歌》，如今歌词依然记忆犹新：战友战友目标一致，革命把我们团结在一起，同训练同学习，同劳动同休息，同吃一锅饭同举一杆旗，战友战友，为祖国的荣誉，为人民的利益，我们要并肩战斗，夺取胜利……

后来我被调到团政治处新闻报道组，负责全团的新闻报道工作，刻蜡纸版、推动油墨，一份《军营绿花》内部刊物创刊了。部队先后派送我到地方日报社、电视台进行采编、摄像的学习，我发扬艰苦奋斗的作风，生活简朴，晚上打地铺睡到办公室，把省下来的钱买书阅读。一年多里，我在国家级、省市级刊物发表了一百多篇文章，拍摄的专题片也获得了奖项。这些成绩的取得，都是部队对我精心培养的结果，我感恩部队。

"铁打的营盘流水的兵"，我在部队几年后回到了地方，先后在日报社、电视台工作，并且走上了领导岗位。在工作中，我时刻保持着部队艰苦奋斗、排除万难的作风，勤恳敬业，积极参与社会各项公益活动，去中小学、大学义务讲公共课，帮助需要帮助的人。

虽说我已步入知天命之年，我却永远忘不了收到入伍通知书时的那份激动；忘不了穿上翠绿色军装时的喜悦心情；忘不了亲人们送别时的恋恋不舍；忘不了在车站惜别时，父母望子成龙的眼神；忘不了踏上绿皮火车去往异乡的那份懵懂和兴奋；忘不了走进神秘军营的那一份发自内心的自豪；忘不了新兵连集训的紧张生活；忘不了老班长无微不至的关心；忘不了戴上军衔时候的那份庄严；忘不了获得军功章时的那份荣耀；忘不了"独在异乡为异客，每逢佳节倍思亲"的那份乡愁；忘不了回家探亲时归心似箭的心情；忘不了部队每年"送退迎新"时的那份不舍与感动……

我依然眷恋着曾经的军旅生活，看军旅题材的影视剧，听红色革命歌曲成了我一辈子的嗜好和习惯。

　　每年的"八一"战友聚会，我都会穿上珍藏了几十年的军装，戴上军帽，和战友们一起回忆往昔军营的那些故事，畅谈战友的情谊。

　　军旅生涯过去二十多年了，我心中的军人情结却未曾因为岁月的流逝而淡漠，军旅生活早已经烙在了我的心坎上，融入了我灵魂的深处。

教书的父亲

在我的眼里，父亲是一个平凡朴素、普普通通、毫无掩饰的人，教了一辈子的书。

父亲出生于20世纪50年代，高中没读完就辍学了，听奶奶说，因为有父亲兄妹几个要养活，家里供应不起父亲上学。父亲没有埋怨什么，暗地里读书自学，并且写了一手好字，最终凭着过硬的学识到村里的小学任教，成了一名教师。

那个年代，学校的教学条件十分简陋，一块黑板、一张讲桌、一支粉笔、一本教科书而已。为了教好书，父亲经常把教科书和课时计划拿到家里，在煤油灯下一丝不苟地备课、写教案。

我上小学四年级的时候，父亲教我语文课，每到快考试的时候父亲最忙碌。在简陋的办公室里，父亲拿着刻笔准备刻考试卷子，他表情凝重认真，看一眼出好的考试卷，就在蜡纸上仔细地刻起来。

考试的时候，一张张油墨考试卷发到每个学生的手里，散发着墨香。看着字迹工整的卷子，我心想，得认真答卷子，字要写工整，要不回到家里就会被父亲责骂的。

为了让学生省钱，父亲自己买了一套复习资料，起早贪黑地用刻笔在蜡纸上刻出来，手推油印机印好资料发给每个学生。

父亲的毛笔字写得也好，快过年的时候，父亲会帮助村里的人写春联，让我帮着折纸、压痕、拉纸。父亲挥笔自如，不同内容的春联越写越多，字字写得都很标准。乡亲们拿着写好的春联，说着一些答谢的话，父亲笑呵呵地回应着乡亲们。

我上了五年级，过年的时候，父亲让我把平时背熟的春联写给乡亲们，他给我折纸、压痕、拉纸。打那以后，我每年都给乡亲们写春联，这让我练就了一手好的毛笔字。

我母亲个性强了一些，有时候会因为一点小事和邻居拌个嘴、闹些矛盾。父亲领着我去邻居家说话，说我母亲刀子嘴豆腐心，劝邻居多担待，最后还会说上一句，远亲不如近邻，乡里乡亲的，要和睦为上。

邻居胖婶听了父亲的话，不停地检讨自己，对我父亲说："没啥，没啥，嫂子心直口快，明天我就去找嫂子说话。"

回家的路上，父亲对我说："你妈是个嘴不饶人、心地善良的人，慢慢改吧，过些年脾气就会好了。"

夏天的晚上，外面还是要比屋里凉快得多，我们一家人都到房顶上睡觉。暴晒了一天的水泥面房顶热乎乎的，还有一些蒸腾的余温，过不了多大一会儿，在夏夜凉风的吹拂下，房顶便凉了下来。铺好草席和被褥，仰望着黑暗中依然显得幽蓝的天穹，呼吸着温热带有泥土、草木芳香的空气，听着蛐蛐的叫声，我心想，天空这么大，它有边吗？天边又在哪里呢？我要是能飞上天就好了……

父亲一个人悄无声息地坐到房顶的墩沿上，怀揣着心事，嘴里吧嗒吧嗒不停地抽着自己卷的旱烟片，有时还会唉声叹气的。我心里知道，父亲靠几十块钱的工资来养活一家几口人，压力是很大的。

后来，父亲转成了公办教师，担任小学校长的职务。他依然勤勤恳恳、任劳任怨地一心扑在教育事业上，获得的荣誉证书放满了他用了几十年的小红木箱。

岁月匆匆，转眼间几十年过去了，父亲退休了。退休在家的父亲除了看些书，平时还和母亲一起打理老家的一亩多田地，院子里也种满了各种蔬菜，豆角、西红柿、辣椒、茄子、黄瓜、卷心菜让人目不暇接。

父亲戴上老花镜，用手机给我发信息，说家里一切都好，别操心。当我看到信息时，心里就知道，父母是想我们了。不管再忙，我都会回到老家，陪父母吃一顿家常饭，唠唠家常。

父亲和母亲快过生日的时候，俩人会提前几天忙着张罗买菜、买肉，说是一大家人团圆心里高兴。父亲戴着老花镜，拿着小本本写个不停，计划着买些我们几个儿女最爱吃的东西，母亲把老家的里里外外打扫得干干净净，等着我们几个儿女回家。

"父爱如山"，父亲的爱像大山，让我依靠，给我力量。

你是我心里永远的太阳

20世纪80年代，我们的中学岁月里没有游戏机，没有网吧，如诗如梦的时代，岁月清纯，有苦有乐。

80年代的中学生现在已经跻身"油腻中年人"行列，每当回忆起年少岁月的一些往事，真实而绵长，别有一番感动。

那时，女生们会独自看书，想心事，而我们这些正处在青春期骚动中的男生们，苍天好像忽略了我们的存在，没有给予我们正常的释放、发泄的渠道。我们只剩下不多的几种娱乐方式，就是比赛摔跤、掰手腕和打篮球。周六放学后，不着急回家，男生会三五成群聚在一起，你五块他十块我八块，凑上几十块钱，到学校附近的小饭馆，学着大人的模样，要一盘花生米、一盘青椒炒肉丝，再要一瓶便宜点的白酒，偷偷地喝上几口，口若悬河、滔滔不绝地说出自己的心里话，喝完酒吃上一碗面，各自回家。

星期天返校时，同学们都会带上母亲用罐头瓶、塑料瓶、瓷罐腌制的芥丝、蒜薹、豆腐等五花八门的咸菜，我也不例外。我母亲给我腌制的豆腐、蒜薹多些，就着这些咸菜，吃着在学校食堂买的馒头，喝着玉米糊糊就是一顿饭。

那时候的校园生活是苦中有乐。我们把从家里带来的粮食交到学校司务长那里，换取粮票和菜票。为了省些饭票，还将母亲腌制的芥丝、蒜薹装进罐头瓶里带上，足足能吃上一星期。晚上睡的是地铺，两间房子就住一个班的男生。尽管我们睡的是地铺，但人多也就不知道冷了，咬人的虱子也就更加多了。那时候，一个人背着别人逮头上、衣服上的虱子是件很有乐趣的事情，两手掐死一个个虱子，觉得自己很有成就感。

学校食堂开饭的时候，买饭窗口前男生排一队，女生排一队，像两条长龙，很长很长。每个人拿着早就准备好的饭票、菜票和两个黄色或是蓝色的瓷碗。女生的打饭队伍排得整齐有序，男生的打饭队伍不久便开始拥挤起来了，个子低的男同学被挤得两只脚腾空而起，队伍飘来飘去，喧嚣一片，值班老师吆喝一声，寂静一会儿，过不了多长时间，又开始热闹起来。

学校一碗面条是三两粮票和五分钱菜票，再买一个四两的馒头，我们一个个蹲在地上吃着面条和馍，就着瓶瓶罐罐里的咸菜，吃得津津有味。那时候吃得不是很好，能吃饱就行，我们比的是谁的学习成绩好。

课桌上的"三八"线是存在的，男生和女生是不会多说话的。

星期天，走到集市上，从卡式录音机里播放的流行歌曲《少年壮志不言愁》《黄土高坡》《信天游》《人在旅途》响彻整条街。书包里每天装着贴满明星贴纸的手抄流行歌曲本，一些男生学着《霍元甲》电视剧的场景，自己练习打拳、捶沙袋……

到了过年的时候，大家都爱送明信片，一角五分钱一张，还有一些同学借送明信片的机会，在明信片上写上懵懵懂懂的话语，送给自己喜欢的女同学。

每逢节日，学校各年级都会组织文艺晚会，我的节目每次都会作为文艺晚会的压轴戏，《一无所有》《我热恋的故乡》《少年壮志不言愁》《心中的太阳》都是我必唱的歌曲。唱完歌，老师和同学们报以热烈的掌声，还不让我下台，我就又在《吉米，来吧》的狂热舞曲中为大家跳一段霹雳舞，又引得一阵阵热烈的掌声。

喇叭裤、老板裤、黑皮鞋、项链、墨镜、爆炸式明星头是我们上中学那个年代的追崇和标志。

我拿着平时攒的钱到镇上跑了大半天，搞了半天的价，最终买了一条黑色的老板裤、白色半截袖衬衫和一双白色平底松紧口布鞋。回到家里，趁着夜深人静，穿上新衣服和鞋子，戴上舅舅给我买的电子手表，自己一个人照着小镜子臭美了一会儿才上床睡觉。

那时候，穿皮鞋也很流行，穿钉铁镏跟的皮鞋是我最大的奢望。我在报纸上发表了文章，为了奖励我，母亲拿出她辛辛苦苦装石子车挣来的钱，给我做了一套天蓝色的西装，买了一双皮鞋，我特意拿着新皮鞋到修鞋摊那里花两块钱钉上了铁镏跟。

我穿着新西装、新皮鞋，进了教室，故意让脚底下发出咔嚓咔嚓声，全班同学向我投来了羡慕的目光，就因为我穿了一套新西装，还收到过班上两名女生写给我的字条。

我的班主任李老师领着我去参加全县初中组作文竞赛，我以一篇《改革春风到我家》的作文获得了全县作文竞赛第一名，接着又参加了全市初中组作文竞赛，我又以一篇《我赞美根》的散文获得了全市第一名。没多长时间，我写的一篇二百多字的散文《蜜蜂》发表在了报纸上。学校开会表扬了我，给我发了荣誉证书和奖金。

一次期中考试，我除了语文分数最高，其他科目都是刚及格。代数六十五分，我看了看卷子，实际得分应该是五十六分，难道是老师有意给我面子和鼓励我吗？不管怎样，现在回想起来，我依旧非常感谢我的数学老师，因为我们每次考试的成绩都要在校园内张榜公布。

新的学期，我们班要调整座位，坐在我身后的女同学丁松荣递给我一本书，满脸通红地说："你看看吧。"我接过书，扭头打开书翻了起来，忽然发现书里面夹着一张字条，字条上写着一句话：咱俩坐同桌吧，我欣赏你。看着字条，我的心里怦怦直跳，最终我和丁松荣成了同桌。

1988年，高考落榜的我回到学校复读，我的数理化学习成绩依然很差，就不想在学校待了。

中秋节的晚上，我和同村的同学二辉在看完电影回家的路上，鼓动二辉和我去外边闯天下。

"我数理化怎么努力也学不好，考学太难了，干脆，你和我一起找个地方学点技术去打工吧。"我很坚定地对二辉说道。

"这能行吗？"二辉有些犹豫了。

"男子汉大丈夫，要果断行事，这样做肯定行。"我拍了拍二辉的肩膀说道。

于是，我和二辉天不明就出发了。我们足足走了三个多小时还没到省城，看着四周漆黑一片，又饥又渴的，唉，流浪的滋味真是不好受，还不如在学校呢。我有些后悔了，但我依然还是很兴奋。

"二辉，咱到路边去找个地方睡会儿吧，等天亮了再走。"

"好吧。"二辉有气无力地答应着。

我和二辉好不容易找到了一处麦秸垛，我在麦秸垛里掏了一个大洞，喘着气对二辉说："咱进去睡吧，暖和得很。"

我和二辉钻进麦秸洞里睡到天大亮，起来继续走。

快中午的时候，我和二辉终于到了省城，街道两边，商店一间接一间一直延伸到远方，车来人往，非常热闹。走在人行道上，旁边是一排排整齐的树木，枝繁叶茂，郁郁葱葱，路两旁的花圃里开满了五颜六色的鲜花。

我们挨着询问商店、饭店的老板招不招人，我提出的条件是管吃管住，工资多少都行。可是每个老板都拒绝了我俩，说我俩还是孩子，应该在学校学习，等长大了再出来找工作，苦口婆心劝我们赶快回学校，免得老师和家人操心。

回到家里，父母没有过多指责我，我的心里也不是滋味。二辉的家人把他打了一顿。

我俩又回到了学校，老师找我俩谈了心，鼓励我们好好学习，叮嘱我发挥写作特长，为学校义务办好黑板报，还给我重新调整了座位。

我的新同桌叫张怡君，长得白净且有些弱不禁风，又是个多愁善感的姑娘，全班同学都叫她"林黛玉"。她对我非常友好，我们上自习课老是停电，不得不点上蜡烛上早读和晚自习，张怡君总是把她买的蜡烛点上，越过

"三八线"放到偏向我的位置，我心里暖暖的。

课外活动的时间，我会和张怡君一起散步聊天，一起打羽毛球，谈论着各自的理想。

寒假里，我和张怡君等好几个同学骑着"二八"自行车，提着卡式录音机去爬山和野炊。我们几个大汗淋漓地来到山脚下，男生挖灶拾柴生火，女生洗菜、切菜，烟熏火燎了一阵子，面条终于做好了，我们男生一个个蹲在地上，女生拿出手帕垫在石头上坐下，端着自己做的面条说笑着吃着。

我打开卡式录音机，熟悉的狂热舞曲飘扬出来，在大家的簇拥下，我跳了一段霹雳舞，怡君带头鼓着掌。在我的动员下，同学们都跳了起来，欢呼声一片。

我们跳累了，就坐在一起，谈天说地，谈我们的理想，谈我们的以后……

星期天，我和怡君到了学校附近的八角水库旁。八角水库在半山腰上，全都是用方正的青石块垒成的，这些沉重的石头在没有机械的年代里，运到半山腰是很费劲的，以往的八角水库在抗旱中是立了大功的，如今，水库已经没有水了，被废弃了，成为永远的历史。

我和怡君相互说着各自的理想和未来，说说走走，走走说说，累了就并排坐在八角水库的青石沿上看着远方。

我说了很多关于我以后的打算，怡君非常赞同我当兵的想法，她说她非常崇拜军人。

转眼间就毕业了，我又名落孙山，复读了一年还是没有考上大学，怡君告诉我，她决定复读再考。

经过严格的体检和政审，我终于成为一名军人。要当兵走了，临去部队的头天晚上，我和怡君又来到了学校附近的八角水库旁，说了好大一会儿话。分别的时候，我上前一把抱住了怡君，怡君双手轻轻地搂住了我的腰，我低声说道："怡君，谢谢你对我的鼓励，我到部队会经常给你写信的，你也要常给我写信。"

怡君没有吭声，抬起头，泪眼蒙眬地看着我。我伸手要给怡君擦眼泪，怡君软软的小手放在我手上，轻声说道："到了部队好好干，你一定会有成就的，你是我心里永远的太阳。"

我点头应着，眼泪流了出来，把怡君抱得更紧了。

"你是我心里永远的太阳。"这句话成了一块永远不会磨灭的烙印，深深地烙在我的心坎上，时常激起我对过往岁月故事的回忆，让我感慨万千，如果能再回到那个属于我们的中学时代，该有多好啊。

坠子戏

给现在的小孩提起坠子戏，恐怕没几个知道是什么。步入中年了，我除了听歌、听家乡戏外，有时偶尔会躺在书房里听听坠子戏，闭着眼睛，一只手不由得打起拍子来，正听得入迷，女儿过来轻声问我："老爸，您听的是啥呀？我怎么没有听过？"

我坐起身，调低了电脑音量，给上小学的女儿解惑，同时我小时候听坠子戏的情景也浮现在眼前。

坠子戏来源于说唱形态的曲艺坠子，因以"坠子弦"（今称"坠胡"）为主要伴奏乐器而得名，广泛流传于河南、河北、安徽、山西、北京等地。坠子是由流行在河南、河北和皖北等地的曲艺道情、莺歌柳书、三弦书、坠子书等结合形成的，坠子戏以曲艺坠子的曲调为基础，吸收京剧、豫剧的一些表演方法，最终形成独具一格的地方戏曲剧种。坠子戏也叫社书戏，一般有两个人演艺，乐器有三弦坠胡、梆子、鼓，是以说唱形式完成的，演绎的都是一些历史故事和百姓故事。

20世纪70年代初，村里谁家的孩子结婚、喜得贵子，都会唱两场坠子戏，以示祝贺，坠子戏成本不大，大人都喜欢听。

我二叔结婚的头一天中午，爷爷领着两个唱坠子戏的艺人来到家里，他们是一对夫妻，都五十多岁，男的是个盲人。奶奶热情招待他俩吃饭，爷爷说让他们晚上唱一场，第二天上午再唱一场。

　　天快黑的时候，我家的院子里摆放了一张木桌子，唱坠子戏的女人在桌子角固定好脚踏梆子，从黄帆布包里拿出一个红鼓放在木架子上，红鼓比洗脸盆小点，男人掏出三弦坠胡，拉弓拧弦，调整着坠胡的音律。村里的男女老少陆陆续续地来了，坐着的、站着的，一门心思地等着开唱，小孩在人群中跑来跑去，吆喝着、嬉闹着。

　　我五叔把一盘小鞭炮挂在树上，爷爷把一暖壶水、两个碗放到桌子上，掏出两盒烟递给唱坠子的两人。五叔点燃鞭炮，噼里啪啦声中，鼓声响起，悠扬柔和的三弦坠胡声中，两人说着一些祝福的话，男艺人的右脚套在绳套里，一抖一抖地踏起节奏，梆子在绳子的带动下发出节拍声，女艺人话锋一转说道："先由我丈夫给大家唱一段坠子戏《老来难》。"

　　男艺人自拉自唱起来："我脚踏梆子手拉弦，大家听我唱段坠子戏《老来难》……"浑厚、沙哑的唱腔在三弦坠胡的伴奏下，别有一番滋味，大人们听得聚精会神，有的老人还偷偷抹眼泪，小孩似懂非懂地听一会儿，站起身三三两两地东游西走。

　　男艺人又唱又说地演绎完一段坠子戏，端起一碗水喝上几大口，点燃一根烟，稍作歇息。观众议论纷纷，有人夸唱得好，有人说盲人会拉弦会唱不容易，有人议论唱词，小孩子们打闹着跑来跑去，厨子们忙着给礼客做菜。我家院子里喧嚣声不断，礼客的喝酒划拳声、人群的说笑声不断，处处都充满了喜气。

　　坠子艺人歇了一会儿，又敲起鼓来，夫妻二人唱起了河南坠子《王金豆借粮》。夫妻俩唱腔配合得非常默契，随礼的客人酒足饭饱，站着听会儿坠子戏，喝高酒的礼客相互搀扶着回家了。

　　坠子戏唱到十一点结束了，爷爷让厨子做了两大碗烩菜，又弄了两个凉菜。两个艺人显然是饿了，端着烩菜就着馒头大口吃起来，男艺人偶尔喝一盅白酒，再吃几口凉菜，一脸的惬意。

　　我凑上前问道："大伯，弦子好拉吗？坠子戏好学吗？那么多戏词你是咋记住的呀？"

　　两个艺人笑了，女艺人笑着说："这个孩儿长大了一定很聪明，看长得多齐整。"

　　男艺人伸手摸着我的头说："做啥事用心了都会做好的，我是个盲人，为了学拉坠胡，我的手不知道被老师打了多少次，眼又看不见，戏词都是师父教的，你大妈一句一句记下来，再一句一句念给我记住的，没啥难的。"

　　这么多年，我从未间断听坠子戏。

　　女儿听我讲完故事，我让她听了一段坠子戏《朱元璋要饭》，女儿说坠子戏有唱有说的，又是完整的故事，挺好听的，她以后会多听坠子戏的。我听了女儿的话，心里很欣慰，老一辈的民间艺术应该得到充分的尊重和传承。

流浪的黑狼犬

工作的缘故，我离开家乡，独自住在异乡大山脚下的农家小院里。

一天早上起来，看见一只瘦瘦的小黑狗卧在我的屋门前。小黑狗看见我并没有跑开，只是站起来向后退了几步，抬头看着我。我蹲下身来，试探地抚摸小黑狗，小黑狗一双乞求的眼神打量着我。我进屋拿了一块馒头放在地上，小黑狗抬头看了我一下，低头咬起馒头一溜烟地跑了。

到了晚上，我回到家的时候，看见小黑狗蜷缩在我家门口。我开开门，小黑狗有些犹豫地跟着我走进院子。我关上大门，喂了小黑狗一些馒头，找了一个小盆，接了一些水，小黑狗似乎很渴的样子，喝了很多水。

我看着小黑狗的模样，它长得挺精神，就是瘦了些，我意识到小黑狗是一只流浪狗。

经过网上查找辨认，确认跑进我家的小黑狗是黑狼犬，说黑狼犬很是忠诚。听妈妈说狗上门是财上门，象征着好兆头，加之我从小就喜欢狗，便毫不犹豫地决定收养小黑狗，给它起名叫黑黑。

黑黑成了我形影不离的朋友。我快到家时，黑黑会老远跑来迎接我，进了家门，它卧在我的脚前，一会儿咬我的鞋子，一会儿摇着尾巴目不转睛地看着我。

我拿出一根火腿肠喂黑黑吃。黑黑叼着火腿肠兴奋地在院子里跑来跑去，一会儿又跑到我的跟前，跑累了，就卧在院子的角落里，两只前爪压着火腿肠，慢慢地一口一口吃起来。

我到外面吃饭，都会给黑黑捎回去一些鸡骨头什么的。黑黑天天守在家门口等着我，看到我就会欢快地跑近我，又跳又咬的，非常亲切。

一次，我喝多了酒，回到家里躺下就睡着了，不知睡了多久，我被黑黑给吵醒了。黑黑趴在床上不停地咬我的脚，不停地乱叫着。我一看表，呀，我已经睡了几个小时，我假装生气地喊了一声："下去，黑黑，谁让你上床了。"

黑黑跳下床，卧在床边，目不转睛地打量着我，一副很委屈的样子。我起身洗了脸，喂黑黑吃了一些东西。黑黑卧在我身旁，一会儿抬头看着我，一会儿扭头四处张望。

我时常会买一些猪头肉和一瓶白酒，独自坐在家中自斟自饮，黑黑卧在我的身旁摇着尾巴，两眼一动不动地看着我。我扔给它几块骨头，黑黑啃完骨头，抬头看着我，似乎在提醒我少喝点酒。

中秋节，我买了一斤月饼，炸了一盘花生米，烧了一盘麻辣鸡块，蒸了米饭，打开平时喝剩下的半瓶酒。我喝了两杯酒后，起身走到门外，抬头看着夜空中的明月，点燃一支烟，低下头看了看卧在我身旁的黑黑，乡愁涌上心头。回到客厅，我又连饮了三杯酒，黑黑不停地咬弄我的脚，似乎怕我醉酒。我扔给它几块骨头，它并没有理睬，仍是咬弄我的脚。我看着黑黑说："今儿过中秋节，我不会喝醉的，黑黑，快吃骨头去。"

黑黑像是听懂了我说的话，不再咬弄我的脚了，卧下慢慢地啃起了骨头。

听着《记得咱的家》这首歌，喝着酒，我也不知道我喝了多少杯。

黑黑又开始不停地咬我的脚，似乎在提醒我该睡觉了，我起身去院子洗漱，黑黑走进属于它自己的窝棚里卧下。

回到屋里，手机来了微信信息，是儿女给我的节日祝福。

我拿起手机，给父母报了平安，说我在外地一切都好。父母在电话里劝我在外要多注意身体，想吃啥就买啥。

　　我创作没灵感了，就会和黑黑一起去山里转悠，进到山里，黑黑很是兴奋，在我前面跑来跑去，追着蝴蝶跳来跳去，跑累了，就回过头来接我。我坐在小溪旁，脱下鞋袜，把脚伸进有点冰凉的溪水里，听着鸟鸣声，整个人陶醉在美妙的大自然中。

　　黑黑卧在小溪旁不远处一动不动，打量着我，似乎在保护我。

　　文字创作单调枯燥，写作累了，我会故意挑逗黑黑，拿一块已经发霉的馒头扔给黑黑。黑黑跑过来卧在馒头旁闻了闻，抬头看着我，似乎有些失望，我对黑黑喊道："黑黑，不能浪费，这是你的中午饭，赶快把它吃了。"

　　黑黑有些为难地咬起发霉的馒头，扭头向院外跑去，我悄悄地跟在后面，躲在大门后观察着黑黑。黑黑扭头看了一下，没看见我，它松口放下发霉的馒头，用前爪在地里刨了一个坑，把发霉的馒头放进去，又用前爪迅速用土埋好，扭头往回走。我从门后站了出来，咳嗽了一声，黑黑很是尴尬，知道自己错了，两只前爪伸在地上，撅起屁股，抬头看着我，尾巴摇摆个不停。我知道，黑黑这是在讨好我，向我道歉呢，我忍不住笑了起来，黑黑知道我原谅了它，起身围着我跳个不停。

　　黑黑的陪伴是快乐的，是幸福的，我感激黑黑，它一直忠诚地陪伴着我，不离不弃，看家护院，给我单调的生活带来了不少的乐趣。

　　一年很快就过去了，黑黑彻底长大了，通体乌黑，立耳短毛，给人一种高大威猛的感觉。

　　我的书稿如期创作完成了，要回家乡了，几个当地村民想让我把黑黑留给他们，我婉言拒绝了，我开着车拉着行囊和黑黑快乐地向老家出发。

听　雨

天还没亮，窗外响起了几声闷雷，闪电的亮光打在窗户上，轰隆隆的雷声仿佛要破窗而入。我放下手中的书，起身伸了一个懒腰，自语道，天这是要下雨喽。

夏天的善变令人捉摸不透，暴风骤雨说来就来。

不一会儿，雨淅淅沥沥地下起来，声音轻飘细微，犹如人的耳语。诗句"随风潜入夜，润物细无声"浮现在我的脑海中，让我想到了玉米、花生、黄豆等粮作物，大自然中的万物都开始接受雨水的洗礼和滋润。

天已大亮，雨水下得很急，雨珠落在窗外的树上、草上、路上、石头上，发出吧嗒吧嗒的声响，雨声时慢时急、时高时低、时响时沉、时断时续……

雨越下越大，雨声如击鼓一般，渐渐密集起来，越来越大，越来越激烈。天地之间拉开了透明的帘幕，到处都是水流，雨打在水洼里，击起无数个箭头和水涡。大地像一片烧开的沸腾之水，发出浑厚的哗哗声。暴雨声充斥着耳膜，让人感觉到自己的渺小，甚至是孤独。院子里的老黄狗卧在窝里，瞪着眼睛东张西望，在想什么，没有人知道，一群鸡子在窝棚里咯咯地小声叫着，在说什么，没人知道。

看眼前的情景，倾听着雨声，我想起了一首歌曲里唱的："哗啦啦啦啦，下雨了，看到大家都在跑，……淋湿了，好多人脸上失去了笑，无奈何望着天，叹叹气把头摇，感觉天色不对，最好把雨伞带好，不要等雨来了，见你又躲又跑……"

我坐在屋檐下的马扎凳上，看着地上的雨水汇集得越来越多，听着头顶上的雨声，想起了老家下雨的情景：老家的玉米苗现在应该长到一尺多高了，它们此时正在尽情地吮吸着甘甜的雨露，慢慢地伸展开了被太阳晒得有些枯萎的身体；老家干涸的大山贪婪地喝着雨水；老家门前快要干涸的小溪又要涨水了；老家的小孩在雨中嬉闹、捉水牛，跟着大人上山拣地皮……

快中午的时候，雨下得更大了，雨声激起了我的欲望。我穿着短裤、光着脚站在院子里，洗起了天然雨浴，雨水珠流遍了我的全身，一身的凉爽，头上洗发膏的泡沫、身上沐浴露的泡沫，一瞬间被哗哗的雨水冲得没有了影踪，香气散发弥漫在雨水中。老黄狗瞪着眼睛看着我，一会儿站起身，两只前腿向前一伸，撅着屁股，摇动着尾巴，两眼盯着雨中手舞足蹈的我看个不停。老黄狗这是在臣服讨好我，它是在为我天然雨浴而喝彩，它是在盼着我洗完澡给它喂食。

妻子站在屋檐下喊着："你呀，真是个长不大的孩子，快回屋吧，别感冒了……"

我回到屋里冲了一下，穿上睡衣，又坐在马扎凳上，听雨声看雨水，一滴雨就是一种声音，梧桐听雨、芭蕉听雨、枯荷听雨、竹风听雨、夜船听雨、池荷听雨、隔窗听雨、对烛听雨……雨水落在不同的环境里，发出的声音自然也不一样，听雨的心境大为不同。《全唐诗》中描写下雨、听雨的心情、意境的诗句太多太多，要是熟读了全唐诗，即使在艳阳的晴天里，灵魂一样也会潮湿一片的。

雨停了，太阳出来了，有的水珠还停留在树上、叶上。阳光透过树叶，在大地上投射出无数朵云状的花，斑斑驳驳。树枝在微风中摇曳，蝉在树上得意地呐喊着，似乎在找存在感。偶尔一滴水珠从高处落下来，打在低处的树叶上。啪的一声响亮，溅起四处飞扬的雨水珠粒。

没过一会儿，不服输的雨又下了起来，越下越大。我回到屋里，索性躺进被窝，闭上眼睛，倾听雨声，细品雨声，心里想起了历代诗人的笔下，绵绵不断的细雨总是和"愁思"难解难分。很有名的《虞美人·听雨》是蒋捷以"听雨"为线索，以时间为顺序，选取作者一生三个典型片段，凸显蒋捷晚年悲苦凄凉的境遇和心情。

"少年听雨歌楼上，红烛昏罗帐。壮年听雨客舟中，江阔云低，断雁叫西风。而今听雨僧庐下，鬓已星星也。悲欢离合总无情，一任阶前，点滴到天明。"年少的时候，歌楼上听雨，红烛盏盏，昏暗的灯光下罗帐轻盈。人到中年，在异国他乡的小船上，看蒙蒙细雨，茫茫江面，水天一线，西风中，一只失群的孤雁阵阵哀鸣。而今，独自一人在僧庐下，听细雨点点。人已暮年，两鬓已是白发苍苍，人生悲欢离合的经历是无情的，还是让台阶前，一滴滴的小雨下到天亮吧。

同样是听雨，不同的年月，不同的年龄，不同的环境，不同的际遇，有着迥然不同的听雨感悟。

我聊杜鹃鸟

清晨，推开窗户，便听到了杜鹃鸟的叫声。叫声略有起落，忽现忽无，似乎有些凄楚的感觉。我漫步在乡间的小路上，看到田间地头劳作的村民，忙上前打招呼。杜鹃鸟的叫声又频繁起来，我说道："杜鹃鸟又开始叫了。"锄草的老伯说："你说的是布谷鸟吧。"

我点了点头，老伯笑着说："那是在催我们下地种田呢，你听，它们好像在说'赶紧种谷、赶紧种谷'。"

我笑着说道："春耕播种早已过去了，布谷鸟依然断断续续地啼叫，仔细听，它们又好像在说'光棍辛苦、光棍辛苦'。"

老伯和几个村民都笑了，拉了会儿家常，我继续向山里走去，耳边的杜鹃鸟叫声响个不停，山间清新的空气令我陶醉。杜鹃鸟叫得起劲的时候，恰是满山杜鹃花盛开的时候。

"杜鹃啼血""啼血深怨"，这些比喻背后的真相是，每年春夏之际，杜鹃鸟会彻夜啼鸣，它们那凄凉、哀怨的悲鸣声容易激起人们的多种情思，杜鹃鸟的喙上和舌头都是红色的，人们想象着是杜鹃鸟啼鸣得满嘴流血。正是在这个季节，有一种红花正处于怒放之时，人们认为它是被杜鹃鸟吐出的鲜血染红的，于是称其为杜鹃花。

我看到绵延起伏、翠色醉人的山间，一片片鲜丽的杜鹃花怒放着，红色、粉色、橙色的，在微风中争先舞动着，缕缕花香飘过来，令人心旷神怡。

　　我走累了坐在山石上，脱下鞋袜，把脚伸进山间流动的溪水里，凉凉的溪水冲泡着我的双脚，透心凉的感觉真好。听着鸟鸣，尤其是杜鹃鸟独特的啼鸣，看着鲜艳的杜鹃花，让我脑海里浮想联翩。

　　杜鹃鸟的羽毛主要是以黑灰色为主，尾巴部分会有一些白色的斑点，腹部会有一些黑色的横纹。普通的杜鹃鸟身长十几厘米左右，较大的杜鹃鸟身长可达到将近一米。

　　每年的春天过后，杜鹃鸟会用它们的歌声宣布夏天的来临。听到杜鹃鸟那令人愉悦的叫声，人们会感到些许舒服，然而一些害虫开始恐慌，它们遇到杜鹃鸟就会没命，成了杜鹃鸟的盘中美餐。杜鹃鸟专吃虫子，属于益鸟，最喜欢吃草蝐、蟋蟀、金龟虫、甘兰蛆、松尺蠖、叩头虫、松毛虫等害虫，被人们称为"森林卫士"。松毛虫、毒蛾等虫子，其他鸟类一般都不敢吃，但它们却是杜鹃鸟的美味佳肴。杜鹃鸟分为大杜鹃、三声杜鹃和四声杜鹃，大杜鹃又叫布谷鸟，因为叫声似"布谷、布谷"；三声杜鹃鸟的叫声似"米贵阳"；四声杜鹃鸟的叫声似"割麦、割谷"，因此又称子规鸟。

　　对人类和森林而言，杜鹃鸟是益鸟，但与其他鸟类相比，大约有三分之一的杜鹃鸟有巢寄生现象。杜鹃鸟自己懒得做窠，将蛋产在其他鸟巢中，让别的鸟替它孵化、饲喂，以寄生的方式养育幼鸟；同时将寄主的鸟蛋或是幼鸟从巢穴中推出丢弃，不让寄主鸟看出鸟蛋或是幼鸟数量的增加，从而减少自己幼鸟的竞争。小杜鹃也很凶残，不仅贪食，还将同巢养父母所生的小兄妹全都挤出巢外摔死，独享养父母的恩宠。杜鹃鸟的名声实在是不好。有些杜鹃鸟是不负责任的父母，连亲生孩子都不愿去抚养。虽说我厌恶杜鹃鸟这种习性，但无奈这是杜鹃鸟的一种生活习性。我们应该遵循这一种自然规律，多些宽容，让大自然中的万物有序地繁衍生息，为我们的世界增添色彩，弹奏出人与动物和谐相处之旋律。

　　到了春天，杜鹃鸟总要呼唤人们"布谷""快快布谷"，以提醒人们该播种了。它凄凉哀怨的啼鸣，会激起我们伤春、惜春之情，抒发乡愁、思念之情，倾诉悲苦、哀怨之情，因而引出了许多关于"杜鹃啼血""啼血深怨"的传说和诗篇。

苏轼的诗《浣溪沙》写道："松间沙路净无泥，潇潇暮雨子规啼。"松林间沙路洁净得不沾泥土，潇潇的暮雨声和杜鹃鸟的啼叫声在回荡。虽贬官黄州，但他从自然景物中汲取生活的乐趣，杜鹃鸟在这里烘托了作者伤春、惜春之情。杜鹃的鸣叫声好像在说："不如归去、不如归去。"所以子规鸟又叫思归、催归，很容易激发游子的乡愁和思念亲人的情愫。

古代诗人认为，杜鹃鸟那凄婉的吟唱，寄托的是离情别绪或孤寂时的惆怅。李白曾称杜鹃鸟为子规，他忽闻好友王昌龄被贬到湖南，感到心绪抑郁，此时，杜鹃萦回的叫声让他很揪心，便对着飞鸟吟出"杨花落尽子规啼，闻道龙标过五溪。我寄愁心与明月，随君直到夜郎西"的名句。白居易则很认真地称它为杜鹃，在那个"枫叶荻花秋瑟瑟"的浔阳江畔，诗人望着满腹幽怨的琵琶女，联想到自己坎坷的命运，唱出："其间旦暮闻何物？杜鹃啼血猿哀鸣！"

古诗词里，随处可见杜鹃鸟的芳踪：李白的"蜀国曾闻子规鸟，宣城还见杜鹃花"，李商隐的"庄生晓梦迷蝴蝶，望帝春心托杜鹃"，白乐天的"杜鹃花落杜鹃啼"……

我静坐在山石上又想到，每年的繁殖季节里，杜鹃鸟妈妈就贼兮兮地到处飞来飞去，对正在孵卵的其他鸟妈妈进行恐吓、追逐，然后在它的巢内产下自己的蛋。鸟妈妈回到家，就会把杜鹃鸟的蛋和自己的蛋宝宝一起孵化出来。如果小杜鹃鸟先破壳出来，杜鹃鸟妈妈就会趁着小鸟妈妈不在家的时候，偷偷把它的蛋推出巢外摔碎，刚孵化出来的小杜鹃鸟会把养父母的亲生幼鸟推出巢暗害掉。它的养父母丝毫没有察觉到这些孩子和自己长得并不像，也没有察觉自己的孩子已经死去了，依然会兢兢业业地觅食给它们吃。杜鹃鸟宝宝长得比养父母还要大的时候，仍然心安理得地享受着养父母的喂养，直到它们学会飞行，才会头也不回地离开这个抢来的家。想到杜鹃鸟的这些寄生习性，我就不太想说赞美杜鹃鸟的话了。

　　其实古人也许很早就发现了杜鹃鸟"巢寄生"的残忍行为，不过当时他们的理解和现在我们的理解似乎有些偏差，他们反而认为这是因为受了杜鹃鸟前世的巨大恩惠，其他鸟类才会有义务替它照看子女。正如杜甫的《杜鹃行》中写道："君不见昔日蜀天子，化作杜鹃似老乌。寄巢生子不自啄，群鸟至今与哺雏。"

　　日照头顶，该吃午饭了，我一点也不感觉饿，站起身又向深山里走去……

出门饺子回家面

家乡有句俗语"出门饺子回家面"，也叫"上车饺子下车面"。其寓意是说，家人要外出远行，出门前一家人要包饺子、吃饺子送行；家人从远方回到家里，要擀面条，一家人吃面条接风。

高中毕业，我报名参了军，离开家乡的那一天，父母很是高兴。天还没亮，父亲就挎着篮子出去了，母亲在灶房里忙碌着和面，说是我要出远门了，一定要吃顿饺子，我要帮忙，母亲推着我说："去再睡会儿，天还早。"

我看着母亲弯腰和面的背影，发现母亲的背有些驼了。母亲和父亲结婚后，就不在乡豫剧团唱戏了，生育了我们兄妹三个。20世纪70年代，单靠父亲当民办教师的收入养活一家几口人，生活是很拮据的，母亲忙完家务，就不停地掐麦条辫子、装石子车挣些钱贴补家用。

我高考落榜了，心里很是沮丧，整天无精打采的。父亲和母亲就劝我，说不行就再复读一年，我说啥也不愿意，为自己辩驳，说数理化太差，对考学没有了信心，想报名参军。父亲沉默不说话了，母亲很是支持我，对我父亲说："他爹，就听孩子的吧，他的语文学得好，文章写得好，到了部队，会有出息的。"

从那天起，我就跟着母亲去装石子车，每次装车的时候，母亲都不忘告诉我，累了就歇会儿，有她呢。我看着装车人群中，母亲不停地挥舞着手中的铁锨，把铁锨里的石子铲到车厢里，不时拿起脖子上围的毛巾擦下脸，继续装车。为了多分钱，母亲会和村民、邻村的人吵上几句，最后和平分钱，一群人装一个车，每人分到手里也就一块多钱。那时候，我就暗暗下决心，我一定要报名当兵，一定好好锻炼自己，将来为家乡的父老乡亲做点事情，不让他们太辛苦。

终于盼来了征兵消息，父亲领着我报名、体检，我终于当上兵了。母亲的话打断了我的回忆，催着我回屋再睡会儿，我说不瞌睡，在灶房和母亲说了会儿话。

我摸着黑向我家的菜园子走去，冬天的寒风让我打了个冷战。我远远看到了一束手电筒光，走近菜地，看到手电筒放在菜地的边沿上，塑料棚敞开着，父亲蹲在菜地里割着韭菜，只听见嚓嚓的割韭菜声。父亲呼吸的哈气在灯光下清晰可见。父亲看到我过来，站起身说："你咋来了？天还早，咋不多睡儿？"

我挎起菜篮子和父亲一起往家走。

母亲看到我们回来，接过篮子，一只手捶打着肩膀说："肉剁好了，我去洗韭菜。"

我抢着要去洗韭菜，母亲看着我说："你歇着，我去洗。"

我们一家人坐在一起，一碗碗热气腾腾的饺子飘着熟悉的味道，韭香和肉香扑鼻而来，那是母亲爱的味道。

母亲摘掉围裙坐下说："趁热赶快吃吧，出门饺子回家面，德华今天就要当兵去部队了，吃顿饺子，增脚力，一切都顺顺利利。"

我欲言又止，端起饺子吃起来。我看到父亲母亲、弟弟妹妹似乎也是欲言又止的表情，心里一酸，眼泪差点掉下来，我赶紧站起身扭头说，盛点面汤喝。

吃完饺子，母亲把我叫到里屋，从箱子里拿出一张装裱好的相片，递到我手中，说道："孩子，带上，想我和你爹了，想你弟弟妹妹了，想家了，就拿出来看看，到了部队好好干。"

我眼里噙着泪水，接过相片放进提包里。父亲走了过来，递给我一支钢笔说："拿着，这支笔伴随我好些年了，想家了就写封信，到部队发挥你的写作特长，一定会有出息的。"

中午时分，我终于要踏上去往部队的路途，父亲和母亲送我到村外，站在路边一直看着、看着……

后来，听弟弟妹妹说，母亲回到家里哭了，连着几天都没怎么吃饭。

军营几年的磨砺，让我成熟了许多，让我收获了许多。部队先后送我到地方日报社、电视台进行采编学习，我在报纸、杂志上发表了很多文章，拍了很多专题片，荣立了二等功，被部队提干。

"铁打的营盘流水的兵"，我就要转业回到地方工作了，我把转业的消息写信告诉了父母。

一路的颠簸，终于回到了家乡。我踏着沉重的脚步，背着行囊出现在家门口时，父母高兴坏了，埋怨着说，怎么不提前说一声，好去接你。

我站在家的院子里看了一会儿，对父母说："爹、娘，我看咱家的房子好像矮了，没有以前高了。"

母亲笑着说："房子还是那座房子，不是矮了，是你长大了。"

进屋坐下，我把礼物分给家人。母亲站起身说："你先歇着，我去给你擀面条吃，出门饺子回家面，你回家了，就得先吃碗面。"

我嘴里说着不饿，其实心里早就想吃母亲擀的面条了。

我走进灶房，母亲在和面，父亲在生火、洗菜。我打量眼前忙活的父母，他们头上的白发多了不少。

"你的工作有着落没有？"

"会去哪儿上班啊？"

"回来了先歇几天。"

我对父母赶紧说道："爹、娘，我被分配到日报社上班了，下个月就去单位报到，还是个领导岗位。"

母亲扭头打量着我说："好啊，这就好，到了新单位好好干。"

我点着头说道："您放心，我一定会好好干的。"

父亲和母亲的脸上洋溢着喜悦和幸福的表情。

面做好了，父亲炒的辣椒炒肉浇在面条上，辣椒和肉的香夹杂着面香直沁心扉。我蹲在地上，狼吞虎咽地吃起面来。

母亲不时地给我碗里夹菜，把舀好的面汤放在桌上说："喝点面汤，回家了，吃碗面，你的工作和运气都会绵绵长长、一顺百顺的。"

我站起身笑着说："吃完了，我想再吃半碗。"

母亲抢过碗说："我给你捞面。"

母亲给我捞了一大碗面，我说太多，吃不完，母亲说会吃完，吃不完剩下。拗不过母亲，我又吃了一碗面，肚子撑得有点胀，我在院子里转了大半天。

岁月的步伐走得太快，步入中年的我努力工作，取得了一些业绩，到了节假日，我就带着媳妇和儿女回到老家，陪父母说话，吃母亲做的饺子和面条。

我经常告诉儿女，"出门饺子回家面"这句话是奶奶告诉我的，你们要永远记住这句话，不要忘记家乡，不要忘记家乡的规矩。

父亲的退休生活

星期天的早上，天刚蒙蒙亮，敲门声响起，老父亲站在客厅里喊道："都起来吃早饭了。"

妻子揉着惺忪睡眼看了看墙上的挂钟，说："这才六点多，周末了，想睡个懒觉都不行。"

我穿着睡衣开门洗漱，一双儿女极不情愿地起了床。母亲把做好的早餐放在餐桌上，父亲摘下老花镜，放下手中的书，从客厅走进厨房。母亲做的玉米面糊糊，炒了一盘家常豆腐，烙了千层油饼，餐桌上还放了一盘腌蒜薹，这是母亲从老家特意拿来的。

吃完早饭，父亲说要开个会。我有些吃惊，我结婚成家后，父亲这是第一次要给我们开会，我忽然想起来了，父亲最近刚办完退休手续。退休前，父亲是一名老师，教了一辈子书，从一名教师干到了校长，我对父亲的渊博学识和敬业精神是非常敬佩的。

客厅里一片寂静，母亲示意父亲出去散步，可父亲还是要坚持开家庭会。我让儿女都坐好，听爷爷开会。父亲顿了下嗓子说道："我和你妈在你们家住了几天，你们都很孝顺，俩孩子呢，也很懂事。俗话说：'一年之计在于春，一日之计在于晨。'我建议你们养成早睡早起的习惯，这样对身体好，工作、学习效率也高，星期天也一样。总之，睡懒觉是个很不好的习惯，要改。你们俩呢，要教孩子学会做些家务，以后都会用得着，别的我也不说了，明儿我和你妈就回老家了。"

我和妻子点着头，儿子和女儿正要回屋，被父亲叫住了，父亲拿出叠着的几张纸说："孙子孙女莫慌，我出了两份卷子，你俩做完了再休息，让爷爷看看你们的学习情况咋样。"

儿女有点不情愿地点着头，我给他们使了个眼色，要他们认真做题。一双儿女去做考试题了，我和妻子陪着母亲说话。母亲告诉我俩，父亲退休后，睡眠不好，脾气也大了，父亲好几次到他曾经工作了几十年的学校附近，站在那儿看上好一大会儿，在家里，和母亲动不动两人就抬杠、闹别扭。

我告诉母亲说，父亲教了一辈子书，当了大半辈子的校长，整天忙忙碌碌习惯了，陡然退休在家里，一下子适应不过来，也属正常。

几个月过去了，父亲终于忙碌起来了，村里谁家孩子结婚，办儿女百日宴，就会找到我父亲去帮忙写对联、执事照应客人。父亲逢场必到，摊开红纸，挥毫泼墨，一副副对联上笔走龙蛇的字引得村民们啧啧称赞。写完对联，父亲开始张罗安排待客迎亲的活，把红包和香烟分给每个来帮忙的人，嘱咐几句，里里外外就忙活起来。

父亲看到屋后一小块地闲着，心里想着种些蔬菜，于是背着钉耙、铁锹，开始松土，把土坷垃打碎，推着独轮车把家里的鸡粪推到地里，散开撒匀，又喊上我母亲，俩人到镇上转上半晌，买好菜种子，回到家里，父亲迫不及待地把菜种子种到地里，挑水浇地。

天还没亮，父亲先是到村里转一大圈晨练了一会儿，又到菜地边上蹲下，打量一会儿，期待着菜种子出土发芽。

没过多少天，菜地终于吐绿了，父亲看着自己种的韭菜、辣椒、西红柿、黄瓜苗在微风中摇头晃脑，心里甭提多高兴了。过了些日子，黄瓜瓤长了出来，父亲把早已做好的木棍背到地里扎好架子，仔细地把瓜瓤丝放在木棍根部，让它攀架开花结果。

菜园子经过父亲的精心打理，喜获丰收，蔬菜摘了几大篮子。父亲和母亲把蔬菜择干净,分装在塑料袋里,坐上公交车,一路颠簸,给我和妹妹家送来新鲜的蔬菜。

父亲用手机把他在家练习书法、种菜的过程拍了视频发给我们,我鼓励父亲把视频发到网上,让更多的退休老人看到。父亲欣然给自己起了个"老有所乐"的网名,记录着他的退休生活。父亲终于又找到了属于自己的责任感和存在感,我们做儿女的为之放心、为之开心。

十香菜

我小时候的那个年代，物资匮乏，生活并不富裕。记得我要过生日了，妈妈一大早给我煮了几个鸡蛋，说是把鸡蛋滚上一滚再吃掉，滚去赖运气嚼来平安福。一家人吃过煮鸡蛋，妈妈对我说："出去玩吧，中午妈给你做好吃的。"

我心里一直想着妈妈要做"好吃的"，不到中午，我就围着妈妈转。妈妈的一双手像打太极拳似的，游动在面和水之间，面和好了，妈妈用湿布子包上和好的面团，放在面盆里盖上。妈妈说，和好的面放上一大会儿，擀成的面条吃着才香，这叫醒面。

妈妈到院子里掐了一些十香菜嫩叶，用清水洗净，放在蒜臼里，把剥好的几瓣蒜、一小块姜、几个红辣椒、几勺食盐放进去，不停地用力捣动，将蒜臼里的食材捣成泥，再加入清水、酱油、香醋、香油，搅拌均匀，十香菜蒜汁就做成了。我端着蒜臼闻闻，一股清香扑鼻而来，我说道："妈，这蒜汁怎么这么香啊？"妈妈扭头看着我说："蒜汁里面有十香菜啊。"

我跑到院子里，看着一大片绿油油的十香菜，上前抚摸了一会儿，满手十香菜的芳香，味道很特别。我掐了一片十香菜叶子放在鼻孔处，美妙、浓郁的香味直沁心脾，让我立马来了精神，这独有的清香令人陶醉难忘，回味无穷。

　　回到灶房，桌子上放了一小盆十香菜凉拌核桃仁，趁着妈妈不注意，我抓了一小撮菜放进嘴里，满嘴的香。

　　妈妈把面团紧紧裹住擀面杖，在面板上来回地擀呀擀呀，面片从一小片逐渐变大，越来越薄，妈妈抓一把玉米面撒在擀好的面片上，叠放起来，拿起菜刀，娴熟地切成宽窄均匀的面条。妈妈把擀好的面条放进煮开的水里，放些青菜，不一会儿面就煮好了，妈妈把捞出的面条放进水里过了一下凉，捞好一碗面条，淋上几小勺十香菜蒜汁。搅拌的时候，面香夹杂着十香菜蒜汁的香，让人神清气爽、胃口大开，再夹几口十香菜凉拌核桃仁放进嘴里，面条筋道弹滑，蒜香辛辣饱满，十香菜的清香在唇齿之间飘荡，满口都是香，那个香啊，无法言喻。一家人坐的坐、蹲的蹲，屋里只听到吃面条的哧溜哧溜声，吃出了食材灵魂的味道，吃出了家的味道，吃出了妈妈的味道……十香菜的清香，让妈妈把清贫的生活调理出了幸福的滋味。

　　我慢慢长大了，部队转业后常年在外地工作，经常思念家乡，思念妈妈的味道。

　　每次回到家乡，就会吃到妈妈提前做好的十香菜蒜汁面条，一家人有说不完的家长里短，家乡有走不尽的山山水水。

　　我又要离开家了，看到妈妈蹲在院子的菜地里挖着什么。我问妈妈，妈妈回头看着我说："你最爱吃十香菜蒜汁面，我给你移几棵十香菜，回去种上。"

　　妈妈把十香菜根部的泥土揉成泥团，找来塑料布包上，对我说："带点老娘土，容易栽活。"

　　父亲把提前磨好的一布袋面粉放在车后备厢，妈妈把自己种的各样蔬菜、自己油炸的萝卜丸子放满了后备厢。带着父母沉甸甸的爱，我开车出发了。

　　回到异乡的家，我找到铲子，在家门前的花坛里松了一片土，挖了个坑，把千里迢迢从老家带回来的十香菜种上，浇好水，又培了培土，期待着它的苗壮成长，能让我经常吃到家乡的味道。

　　十香菜越长片数越多，招惹得邻居都过来听我说十香菜。十香菜的香，有家乡草木的清香，有家乡土地的芬芳……邻居们回家的时候都不忘掐上一小撮十香菜。

　　想家乡、想父母的时候，我就会做十香菜蒜汁面，细品饭香的时候，心里觉着自己好像就在家乡，就在父母的身边。

　　冬天到了，门前的十香菜枯萎发黄了，干秃秃的枝叶让我心疼。我埋怨冬天的无情，心想，十香菜这是没了生命，我再也吃不到十香菜蒜汁面了。我打电话给妈妈，妈妈告诉我，等来年开春，十香菜就会活过来的。

　　盼啊盼，春天终于来了，我天天去看门前的干枯的枝叶，期待着它快快苏醒过来。终于有一天，干秃秃的十香菜枝干下面冒出了嫩嫩的小绿叶，我趴在地上闻起来，又心疼地掐了一小片叶子闻着，久违的十香菜的香味终于回来了。十香菜又活过来了，我心里很是兴奋，我又可以吃到十香菜蒜汁面，吃到妈妈的味道了。

我十二年的流水账

我出生于20世纪70年代。

我的父亲是一位民办教师，母亲是一位勤劳贤惠的农家妇女，我兄妹三个，小的时候，能吃上白面馒头，吃上捞面条，穿上一件新衣服，感觉就很幸福了。奶奶擀面条的时候，我就围在奶奶的身旁，看着奶奶手中挥动的菜刀，奶奶切的是宽面条，我就知道要吃捞面条了，我高兴地叫起来："哦，吃捞面条了，吃捞面条了。"

我的爷爷是生产队的运输人员，说白了就是赶马车的，他经常带着我弟弟出门在外，赶马车运输钢砖（耐火砖）挣些工分。每次回来，都会捎回来点挂面，家里来客人了，我奶奶便会拿出挂面招待客人。

我母亲和我父亲结婚前是唱戏的，听母亲说她在豫剧团是台柱子，在豫剧戏《红灯记》里演的是铁梅，《朝阳沟》里演的是银环。母亲心地善良，个性有点强，父亲性格有些怯弱。

上小学的时候，我的姑父是我的语文老师，他对我要求很严格，我违反了学校纪律，他曾让我跪过讲台、砖头。

我们班里有一个很漂亮的女生叫张明月，红头绳扎着两个黑黑的小辫子，一双又黑又大的眼睛很是好看，我很喜欢她。放学后，我会跑到她家里，一起写完作业，抓上一会儿石子，踢上一会儿沙包。

天下雨的时候，我和弟弟、妹妹戴着草帽，打着黄帆布雨伞，一起玩水，捉水牛和榆木甲等虫子。雨停了，我们拎着小篮子到山上去捡地皮，地皮是墨绿色的，大人都说地皮是羊粪变的。说来也怪，只要下雨了，地皮就会瞬间长出来，我们小孩也就半信半疑。我们在山坡上捡啊捡啊，累了想想地皮炒熟的香味，就又卖力地捡起来，回到家里让母亲把地皮炒熟，美美地吃上一顿。

捅马蜂窝是我们常做的事，火攻是我们常用的办法，有时也会被马蜂蜇得很惨，脸上、胳膊上都是包，但能吃上香香的蜂蛹也就觉得很值了。

村子里谁家盖房子上大梁，就会扔一些上梁馍，馍里面包着小鹅卵石，因为穷，见到吃的，捡上几个白面上梁馍吃，心里美滋滋的。

一天，我们兄妹几个在家偷吃炒黄豆，快要炒熟的时候，妹妹跑过来喊道："妈妈回来了，妈妈回来了。"

我想把炒黄豆的热锅藏起来，情急之下把锅放到了妹妹的新皮凉鞋上，把妹妹的凉鞋给烧坏了，母亲把我们三个人狠狠地骂了一顿。

我们兄妹几个把家里的点心拿出来，解开纸绳，偷拿出几个来吃，然后再把绳子系好放回箱子里。母亲准备走亲戚，发现点心盒没有了重量，打开一看，只剩下一少半的点心了，数落我们几句，让我们把点心吃了完事。

我和弟弟、妹妹找来一节电池、一根铜线、一个手电筒上的灯珠子，趁着天黑，躲到我邻居老西伯伯家的床底下。等他吹灯睡觉了，我们几个用头顶床板，并把电灯珠子弄得一亮一黑，老西伯伯惊叫起来："哎哟，有鬼啊？"他点灯起来，发现了床底下的我们，我便喊着弟弟和妹妹往外逃，慌乱中，把门后一袋没有扎口的面粉给撞翻到地上，白面撒了一地，因为这件事，母亲狠狠地骂了我们。

父亲有时会把学生的作业拿回家批改，我趁父亲不注意，就拿起桌子上的红色钢笔改起作业来。父亲批评我时，脸上似乎还有些高兴的神情。

我家养了一头大黄牛，放学后，我就拎着篮子，唱着歌去割青草，到山坡上、庄稼地里走个不停，把鲜嫩的弯弯狗儿、狗尾巴草、苟叶、抓地龙割下来。回到家里，用铡刀把青草切成碎段，拌上麦秸段，撒上些麸子（麦皮），老黄牛伸出舌头把草卷进嘴里，慢慢地咀嚼着，尾巴不紧不慢地摇来摇去。

到了星期天，我背着书包和灌满糖精水的绿色军用水壶，到我家附近的山坡上放牛。我松掉牵牛的绳子，老黄牛知道它自由了，低头把嘴挨到地面，伸出舌头，一卷一夹，草就被吃进嘴里。老黄牛吃一会儿草就会抬头看着我，尾巴有节奏地左右摇摆着，过一会儿又抬起头来环视四周，像是要寻找更好吃的草，又像是陪着我观赏山上的风景似的。

夕阳西下的时候，柔弱的阳光照射在老黄牛的身上。我躺在山坡的石头上，嘴里哼着歌，时而看着老黄牛吃草，时而看着天空。天渐渐黑了下来，老黄牛吃饱了，我的肚子也饿了，该回家了。

我起身拍打了几下衣服上的尘土，背着书包，牵着牛哼着小调向家里走去。

到了家，把牛拴进牛棚，放下书包，洗洗手，吃完饭，就准备睡觉了。那时候，我们家里没有电灯，没有电视机，睡觉也就相对早了一些。

夏天的晚上，外面还是要比屋里凉快得多，我们都在房顶上睡觉，拿上一张草席和单子，到房顶上，铺好草席和被褥，便躺下。也许是跑了一天累了，不一会儿，我和弟弟、妹妹不知不觉就进入了甜美的梦乡。

夏天就像小孩子的脸一样善变，睡觉前还是满天星斗，明月高挂，可当我们睡得正香时，狂风暴雨就会忽然席卷而来，父亲和母亲便喊叫我们，赶快拿上草席和单子回屋睡觉。

直到中秋之时，我们才会离开可以看月亮、数星星的露天卧榻，回房屋睡觉。

秋天是收获的季节，父母去田地里忙农活，收玉米、收红薯，让我在家里守候做饭。我会擀些面条，炒些大白菜和粉条，田地劳作了大半天的父母回到家，就会吃上我做的饭菜了。

星期天，我和村里的同伴到田地里去捡大人们没有挖干净的红薯。在地头挖一个坑，找些干枯的树枝点上，烧上一阵子，把红薯放在烧得通红的木炭上，把树叶盖在红薯上，再埋上土。

我们就开始打仗、捉迷藏，在蜿蜒崎岖的小路上比赛推铁环，一直玩到汗水浸湿了衣服，才会坐下来歇息。

觉得时间差不多了，我们就慢慢扒开烧薯坑，一股透着泥土芬芳的香甜红薯味扑鼻而来。我们每个人拿上一个烤红薯，剥掉皮，津津有味地吃起来。

吃完烤红薯，玩兴不减，又到我家的院子里铲些红胶土，用水和成红胶泥，把红胶泥在石板上来回甩打，最后弄成一个方块，用小刀认真仔细地刻着。过了一会儿，我们每个人的红胶泥汽车模型就制作完成了。拿回家放上一个晚上，第二天就可以拿到学校去进行小汽车模型比赛了。

跟着大人们去赶集是最幸福的事情了。可以吃油条、包子和一毛五分钱一碗的烩面、肉丝面。当我狼吞虎咽的时候，也不忘记让父母吃，父母总是说不饿、他们不喜欢吃之类的话。

吃饱肚子，妈妈不忘给我买上一毛钱的小红虾，里面还掺杂着葱花、胡萝卜块，吃着香极了。

"孩儿，你在这儿不要乱跑，我们去买东西回来咱就回家。"父母说完拎着皮包走进赶集的人群。

我花上几分钱蹲在小人书摊前，看起小人书来。《地道战》《刘胡兰》《雷锋的故事》《三打白骨精》都是我百看不厌的小人书。

父母买完东西回来，我很不情愿地放下小人书，跟着父母往家里走。有时候，父亲会给我买些小人书让我看，印象最深的是儿童读物《向阳花》。

上小学的五年中，我们没有用过课桌。那时候，用砖头垒起一排排方墩，外边再糊上泥，上面放上木板，就是我们上课学习用的课桌了。

在教室的墙上糊上薄薄的一层水泥，刷上黑漆，晾干后就是老师给我们讲课时用的黑板了。

学校要上早读课，那时候没有电灯，我找来墨水瓶洗干净，再找来薄薄的铁皮盒子，用剪刀把铁皮剪成一块窄窄的长方形块，用筷子把长方形铁皮裹成一根圆柱的空心，用母亲纺织的棉线做成灯芯，穿在圆柱形的铁皮空心里，倒上煤油，就这样，煤油灯就做成了。天不明我们就到了学校，点上各自的煤油灯，朗读老师要求背诵的课文，琅琅的读书声响彻整个校园。

就是这样的学习环境，一直持续到了我们小学毕业。学校会不定期组织我们师生进行勤工俭学，利用星期天去采摘一种黑槐子，说是晒干能当中药材卖钱；组织我们到山脚下，用小铁锤把青石块砸成大小不一的石子，说是修路用，也能卖钱。

放学的时候，听说哪里演电影，我就会非常兴奋，回家早早吃完饭，背着家里的小凳子，和村上的玩伴一起跟着大人们，三五成群地跑上几里路看露天电影。放映电影一般都在打麦场里，没拿凳子的人就坐在麦秸垛上，坐在石板上、坐在地上、坐在树上看电影。

到了星期天，我会召集村上的玩伴，模仿电影《闪闪的红星》里的场景，每个人扮演不同的角色进行表演。电影《闪闪的红星》讲述的是一个叫潘冬子的男孩，一心想参加红军的故事。潘冬子的父亲潘行义是一个红军战士，潘冬子受父亲的影响，为了参加红军，与敌人斗智斗勇，最终取得了胜利。

让我最难以忘怀的是影片中的一幕：小小的潘冬子被地主胡汉三抓了起来吊在树上，地主胡汉三用鞭子使劲抽打潘冬子，想逼问出潘冬子的父亲潘行义的下落，坚强的潘冬子一声也没有喊疼。

我每次都演潘冬子，其他玩伴演地主胡汉三、红军、汉奸走狗，我们演了一遍又一遍。

我们会经常到村里李爷爷、丁奶奶家，为他们扫地、抬水、洗衣服。爷爷奶奶总会给我们一些糖果吃，给我们讲他们小时候的故事，我们围着爷爷奶奶，听得津津有味。

冰棍在我们儿时算得上是奢侈品了。印象中是五分钱一根。虽然，我从家里带了糖精水，但我还是经不起卖冰棍吆喝声的诱惑，有时没钱买，就会从家里偷拿一个鸡蛋，一个鸡蛋可以换两根冰棍。要不就是用一个鸡蛋买一根冰棍，再买两根玉米脆香酥。

听广播是我童年中最最开心的事情。放学回家，趴在院子里的石板上写完作业，打开家里仅有的一台黄河牌收音机，听中央人民广播电台的少儿节目《小喇叭》，全神贯注地听孙敬修老爷爷讲《西游记》故事，听广播里的电影录音剪辑节目，听刘兰芳的评书《岳飞传》。

后来，村里一个叔叔家买了一台黑白电视机，我就经常去他家看电视，也有很多大人在看。动画片《西游记》是我们闹着要看的，大人们没办法，也只有妥协，陪着我们一群孩子看大半夜的动画片。

一个人玩的时候，我会坐在大树下，看蚂蚁上树，寻找蚂蚁窝，拿出放大镜片对着阳光照射蚂蚁窝，蚂蚁被毒辣的高温烤得四处逃窜。

小学五年的学习中，我的学习成绩一直都很好，每篇作文都会被全班传阅，钢笔字写得也很好。五年时光匆匆而过，该毕业了，我以年级第一名的成绩，十二岁考上了乡重点中学，结束了令我难忘的十二年美好快乐的时光。

喝　汤

坐了很长时间，站起来伸个懒腰，扭扭脖子，我有些疲惫地走出工作室，锁上门，漫无目的地走在大街上，心里有些纠结，明明是谈好的合同咋就一瞬间泡汤了呢？

来到路边的夜市大排档，点了烤肉串、冰镇啤酒，在喧嚣声中自己喝起来，肉香和冷啤直沁心脾，让我暂时忘却了烦恼，沉浸在美食享受中。

很晚回到家里，简单洗漱后，躺下就睡了。

睡到半夜肚子不舒服，起身喝了些温开水，关上灯似睡非睡地躺在床上。

星期天回老家陪父母是我多年的习惯，一大早买些父母爱吃的瓜果，开上车，不一会儿就回到了郊区老家。

说话间，我一会儿去了几次厕所，拉肚子了，我怀疑是昨晚上吃夜市或是受凉造成的。母亲忙让我回屋躺会儿，说是面汤补肚子，忙着去给我做面汤了，父亲忙着去村卫生所给我拿药。

我吃了父亲抓的药，母亲端着一碗做好的面汤过来说："好汉经不住三泡稀，面汤里放了红糖，快趁热喝了，面汤补肚子。"

我接过面汤，甜甜的面香让我有点食欲，喝完面汤，父亲和母亲让我躺下休息，说拉肚子很快就会好的。

我躺在床上，觉得肚子热热的，发出咕噜咕噜的声响，似乎好了很多，不觉得怎么难受了。

喝汤的好处的确很多，汤的种类也很多，有面汤、米汤，有红豆汤、绿豆汤，有南瓜汤、冬瓜汤，有排骨汤、羊杂汤，喝汤是各有所需才去喝的。就连盖房子的时候，为了根基牢固，匠人们会往砌好的根基和承重墙里灌注水泥浆，这也算是喝汤吧。

记得我小的时候，最先学会做的饭就是煮绿豆汤。暑热麦黄、夏种秋收的时候，早上、傍晚天气凉快，搭镰收割、套牛犁地自然都是要起早贪黑的。黎明时分，父母拿上晚上磨好的镰刀，戴着草帽、迎着露水去收割麦子。我也会早早起床，把绿豆在水里淘洗几遍放进锅里，点上柴火煮绿豆汤。绿豆煮得快开花的时候，就可以熄火了，盖上锅盖焖上一会儿，揭开锅盖，绿豆个个都开了花，我往锅里放些冰糖，把绿豆汤盛进壶里，拿几个碗向自家麦田里走去。

金黄的麦浪里，看到父母弯着腰，左手快速揽过一大撮麦子，右手的镰刀向后一拉，麦子割下一片。随着唰唰声，片片金黄的麦浪倒下，汗珠顺着父母的脸颊像下雨一样往下淌，父母的衣服早已被汗水浸湿了，上面沾满了黄土，我心疼地喊道："爹、娘，歇一会儿，过来喝绿豆汤了。"

父母撇下手中的镰刀，伸个懒腰走过来，席地而坐，端起一碗绿豆汤，咕咚咕咚地一饮而尽，我赶紧再给父母盛上一碗。

父亲把一捆捆麦子装上独轮车推到打麦场里堆放好，盖上塑料布。母亲在灶屋里烙着千层饼，我忙着做小葱拌豆腐，父亲回到家里，端起一碗麦仁汤喝了个精光。

我们一家人围着一块石板坐着，石板上摆着一小盆凉拌豆腐和一碗母亲腌制的蒜薹，展开千层饼，放上蒜薹一卷，再就着豆腐吃进嘴里，满嘴的香辣，喝上几口麦仁汤，一天的干渴和疲劳顿时散去。当年的"喝汤"是母亲的味道，是幸福的味道。

吃完饭，我帮母亲洗刷碗筷，父亲吸一根自己卷的旱烟片，自语道："听广播了，明个没雨是个晴天，得起早碾麦子打场嘞。"说完打了一盆水，洗了脚就回屋歇息去了。

　　几十年很快就过去了，如今我老家门口的老树还在，老屋已经变成了二层小别墅，以前的人工收种粮作物已有机械化代替，家家户户喝汤的习惯依然没有变，汤的种类也增加了很多。

　　我肚子不舒服，喝了母亲做的面汤，感觉好了很多。我心里不舒服了，事业遇到挫折了，遇到困难了，也应该结合自身的情况，在五花八门、泛滥成灾的心灵鸡汤中，找些有用的心灵鸡汤喝上一碗，借鉴一下心灵鸡汤的精神，让自己重拾自信，去积极面对和解决事业中遇到的挫折和困难。

看里面·看外面

9月1日，幼儿园开学的第一天，幼儿园门口上演的情景剧五花八门：幼儿哭闹抱着妈妈不撒手的、幼儿被老师哄着抱走的、父母蹲着鼓励幼儿的、爷爷奶奶和父母一起送幼儿的……幼儿园的说话声、哭闹声、音乐声交织在一起，让人理解、感动的同时，更多的是哭笑不得。

幼儿园门口终于静了下来，幼儿们在老师和家长们的配合下，扯着、抱着、哄着向教室走去，有些家长转身偷偷抹眼泪。家长们趴在幼儿园的围墙外看着里面自己的孩子，脸上洋溢着难以割舍又无奈的表情，有的家长给孩子加油鼓劲，有的家长承诺孩子放学后吃好吃的，有的家长承诺给孩子买连衣裙、玩具，还有个别家长看着哭闹的孩子，心里瞬间产生不想送孩子上幼儿园的想法，可是，看着身边的孩子全都背着小书包进了幼儿园，心里的想法马上就消失了，孩子不上幼儿园是不行的。

幼儿上幼儿园的时候都是要哭的。家长们尽管都明白这个道理，可心里依旧舍不得让孩子哭，于是早早来到幼儿园大门口等着放学，接孩子回家。幼儿园门口接孩子的家长成群，有站着的、蹲着的，有坐在路边的、坐在车里的，有些家长拿着吃的，有些家长拿着玩具，每个家长都是望眼欲穿地看着幼儿园里面，等待着一天没见的孩子放学出来。

终于放学了，在幼儿园老师的带领下，小班、中班、大班的幼儿们排着整齐的队伍走过来，家长们早早就看到了自己的孩子，喊着、叫着孩子的名字，孩子们开心地答应着，跑向父母的怀抱，家长们拿出好吃的和玩具递给孩子，嘴里都说着一样的话："来，喝些水，吃点东西，想我了吗？"

家长们抱着孩子一个个都走了，夕阳下的幼儿园渐渐地恢复了平静。

农历九月九日，是重阳节，又称老人节，老人们一辈子辛辛苦苦养大了儿女，照顾儿女上学、工作、结婚成家，到老了，还不愿意拖累儿女，总怕给儿女添麻烦，于是选择了敬老院养老。

生活在敬老院的老人们，脸上写满了孤独与无奈，看着同伴的离开，心里充满了恐惧和悲伤、孤单和落寞，他们心里也知道，日出日落，朝朝暮暮，过了今天，不一定就会有明天。一门心思盼望儿女来探视，成了他们唯一的心愿和期待，被接回家过年，成了他们最大的奢望。

家，是每个人暖暖的归宿，人只有待在家里，心里才会感到安稳和踏实。人年轻的时候，可以四海为家，可以随遇而安，嘴里说着"人在哪儿家就在哪儿"的话，可人年老时，就会盼着叶落归根，极度地思念自己的家乡和亲人。对敬老院的老人们来说，让儿女接回家团聚是生命中最大的喜事了，盼星星、盼月亮一样，盼望着回家团聚的日子。

中秋节、春节、生日快到的时候，敬老院的老人都会期待儿女接自己回家团圆，会隔着敬老院的大门向外面看，那种望眼欲穿的感觉只有他们自己知道。一些老人被儿女接走回家过节了，一些老人站在敬老院铁门隔栏旁，瞪着眼睛一个劲地向外面看，等待儿女们的到来。

一个快递员骑着电摩过来，把一兜东西给了一位满头白发的老人，有些歉意地说道："您儿子、儿媳在医院里值班过不来接您回家过节，让我送来了您最爱吃的清蒸鲈鱼，还有水果。"

白发老人接过一兜东西说了声"谢谢"，蹒跚地向屋里走去，把东西放在桌子上没有马上去吃，坐在床边叹着气，一脸的失落和委屈。

一会儿，敬老院里热闹了起来，老人陆陆续续从屋里走出来，树荫下的桌子上摆满了吃的东西，几个年轻男女说道："爷爷奶奶们，我们是搞文艺的，今天过节来看望大家，给大家表演一些节目，祝大家身体健康！笑口常开！”

老人们看着节目，有些老人还会时不时地扭头向大门外面看……

夕阳西下，看完节目的老人们相互搀扶着向屋里走去，有些老人还驻足大门口看向外面。

幼儿园是从外面往里看，看的是幸福；敬老院是从里面往外看，看的是凄凉。早上小广场看到的一幕挺温馨，叙述一下，就算是这篇文章的结尾吧。

星期天，我到家楼下小广场散步，看到台阶上走着一上一下的四个人，下来的是一对母子，妈妈也就三十岁左右，儿子四五岁的模样，儿子蹦跳着下着台阶，妈妈一边护着儿子一边说：“儿子慢点，别摔着，累不累，妈妈抱着吧。”

儿子挣脱着说：“不累，不累。”

母子俩继续下着台阶。

就在这对母子的右侧，一对父子在上阶梯，父亲一头白发，儿子看上去有五十多岁，父亲上台阶很吃力，气喘吁吁的，儿子搀扶着父亲艰难地走着台阶，儿子说道：“爸，我背您上台阶吧。”说着就弯腰背父亲上台阶，父亲拒绝了，看着儿子说：“医生说让我多运动、多锻炼，我能行，儿子，难得过个星期天，还要你照顾我，让你歇不成。”

儿子看着父亲说：“给儿子也客气呀，您养我到大我陪您到老嘛。”

说完父子俩又继续上着台阶。

拆台和补台

我小的时候，家里没有电灯，更没有电视，晚上在煤油灯下写完作业，叫上村里的玩伴一起玩捉迷藏，学着电影里的情节打会儿仗，然后满头大汗地跑回家。躺在床上还没多大睡意，母亲抚摸着我的头说："赶快睡吧，明天还得早早上学呢。"母亲看我还是瞪着眼睛，就给我讲故事，我听着听着就睡着了。听母亲讲故事是我儿时最幸福的事。

回想儿时母亲给我讲的故事，有太多太多，其中一个故事让我记忆犹新，难以忘怀，对我影响至深。故事发生在我母亲的身上。母亲十四岁便进了乡豫剧团学唱戏，她只上了两年学，认识不了多少字，母亲个性很强，把不认识的字标成只有自己认识的符号，勤学苦练，天不明就跑到山坡上练嗓子。团里决定排练豫剧戏《红灯记》，挑主演铁梅的时候，排练厅里炸开了锅，一个叫华莹的姑娘是戏校毕业的高才生，我母亲是半路出家进的剧团，她俩因为都想演主角铁梅而发生了矛盾，俩人见面谁也不理谁，团长只好请乡领导和戏剧界前辈来定夺。经过两人几轮的演唱，我母亲最终被定了演主角铁梅，华莹嘴一噘，跺了跺脚，使着性子哭着跑开了。

不是冤家不聚头，豫剧戏《红灯记》里，华莹饰演的是铁梅的奶奶，我母亲在戏里成了她的孙女。尽管台下两人不说话，但在台上排练的时候，她俩演得很亲密，配合得珠联璧合，不时迎来团里人阵阵掌声。

一次下乡演出，台下人山人海。母亲感冒没好利落，手里拿着装满温水的罐头瓶，喝了一瓶又一瓶，生怕演出有闪失。

锣鼓声中，演出开始了，台下的喧嚣声刹那间停了下来，演员们精彩的表演让台下响起阵阵热烈的掌声。演到铁梅和奶奶对唱那场戏时，饰演铁梅的母亲眼一黑，差点晕倒，戏词也忘了，乐队重复拉着前奏，饰演奶奶的华莹从容地加了一句台词："铁梅，你怎么了？来，坐下。"说完她附在我母亲耳边提醒了戏词，我母亲得到了提示，很快反应过来，顺着唱了下去，避免了演出事故。

回到后台，乐队人和团长围过来，议论纷纷，团长表扬了我母亲带病演出、华莹及时补台，后台响起了热烈掌声，观众中有的人流出了眼泪，母亲和华莹紧紧地抱在一起，俩人都哭了。

长大了一些，我才深深意识到，母亲讲的这个故事应了那句老话："互相搭台，好戏连台；互相拆台，大家垮台。"也就是说，一场好戏是由演员的精彩表演、乐队的完美伴奏而展现出来的，他们之间不仅仅是配合，更重要的是补台。

后来我参军到了部队，集体荣誉感意识更强烈了。一个战友的被子叠得不是豆腐块，全班内务检查就全不合格；站军姿、踢正步，一个战友动作不到位，会影响整个班、整个连的军事考核成绩，这就需要我们去帮带训练，齐心协力互相补台，成就你我。

日月如梭，我告别了部队，转业回到地方一家日报社工作，单位大多数人都很喜欢我的率真和敬业，但也有一两个同事曾经私底下诋毁过我，说我写的东西也就那样，没啥深度，还说我私生活怎样怎样，这些话传到我的耳朵里后，我心里当时还真是有点不得劲，心想，我从不说任何人的是非好坏，他为什么说我呢？转念一想，没必要去计较什么，做好自己的事情就行了，我知道，拆别人的台其实也是在堵自己的路，犹如抓一把泥甩向别人身上时，自己的手也弄脏了，于是我告诉朋友说："他们说我，是因为我有不足的地方，很正常，他们有很多地方值得我去学习。"

我被报社任命为副总编兼新闻部主任，曾经说过我不好的同事找到我，搓着双手说："领导，我、我以前说过……"

我打断了他，把茶水递给他，说："老王，喝水。说实话，你写的报告文学我篇篇都认真看了，在这方面，我是弱项，得好好向你学习，人占不全啊。"

打那以后，我和老王的关系比以前好多了，探讨写作、如何办好报纸成了我们的主话题。

人的一辈子很短暂，时间过得又太快，到了知天命的我，喜欢去山水间走走，听闻百鸟齐鸣，登山望远，蹚过潺潺溪水，洗脸去尘，心情格外舒畅。

回到了家乡的小山村，山村的气息扑面而来，公鸡的打鸣声、母鸡的咯咯声、黄狗的汪汪声、黄牛的哞哞声、猫咪的喵喵声、大鹅的嘎嘎声，这些声音交织在一起，奏响了完美、悦耳的农家曲。我坐在儿时住过的老屋房顶上，陶醉自我，放飞自我，闭上眼睛回想起儿时的件件往事。

在院子里的葡萄树下，我和年迈的父母坐在饭桌前，吃着母亲做的手擀面，喝着面汤，央求母亲再讲一个故事。满头白发的母亲讲的故事依然很生动，像我小时候听的那样精彩。

我走着走着，到了村里的花海基地，映入我眼帘的是一望无际的花海，红的、黄的、粉的、紫的、蓝的、绿的，各种各样的花朵，漂亮的花儿像娇羞的姑娘在微风中摆动着优美舞姿，百花丛中，花香四溢，蜂飞蝶舞。我目睹娇艳的百花，亲吻着花香，不由自主地来上了一句"一花独放不是春，百花齐放春满园"。

不说话

周末了，我早早回到家里，妻子穿着围裙在厨房里忙着做饭，想帮妻子，妻子推着我往外走，嘴里喃喃地说："我快做好了，下次让你做，累了一星期了，去，洗个热水澡解解乏。"

我走进了浴室，花洒喷射出的细细水柱击打着我的身体，浑身顿时轻松了很多。

洗完澡穿着睡衣走到客厅刚坐下，上小学三年级的儿子回来了，抱着个足球，满脸的汗水，嘴里喊道："爸、妈，我回来了，热坏了，我去洗个澡。"

我问道："儿子，你妹妹呢？今天怎么没和你妹一块儿回来呀？"

儿子看了我一眼，一脸不自然的表情，低下头说："爸，太热了，我去洗澡了。"

妻子在厨房里喊道："等汗落了再洗澡，小心感冒。"

不一会儿，女儿背着书包回来了，和我聊了几句去自己的房间写作业了。

妻子把饭做好了，女儿帮妻子把饭菜摆放到餐桌上，我对女儿说："闺女，喊你哥下楼吃饭。"

女儿一脸的难为情，看着我说："哦，爸，我去把书包装一下。"说完迅速转身进了自己的房间。

我心里明白，我这一对龙凤胎的儿女是闹矛盾了，他们俩不说话。

饭桌上，除了我和妻子相互夹菜，静悄悄的，和往日进餐说笑的氛围大不一样。

吃过晚饭，我和妻子像往常一样在院子里散步，夕照渐渐地下沉，落日的余晖依然保持着应有的热情。

妻子轻轻碰了一下我说："老公，你发现了吧，我们的儿女闹矛盾了。"

我扭头看着妻子说："发现了，他俩不说话，小孩闹矛盾也正常。"

我拉起妻子的手说："琳琳，咱俩坐一会儿吧。"

坐在院子花园里的椅子上，我莫名其妙地发着愣，妻子用手拍了下我的肩膀，轻声问道："在想什么呢？"

我看着妻子说："琳琳，咱俩因为生活琐事也冷战过，不说话，每一次都是你给我台阶下。"

妻子抓起我的胳膊拧了一下，说："你呀，就是一头倔驴，你说，夫妻俩一起生活总不能天天冷战吧，不说话吧，俩人都倔，还怎样生活。"

"你说得对，琳琳，有矛盾就要解决矛盾嘛，这方面，你是我的老师，我娶上你是我的福气，我整天忙碌事业，都是你在背后默默打理家里的一切。"我说完伸手抱住了妻子。

我拥抱着妻子静静地坐着，过了一会儿，我和妻子四目相对，我轻吻了妻子的额头，若有所思地对妻子说："琳琳，坐好，我要给你讲故事了。"

妻子抬头望着我说："又有啥感慨了，讲吧，我听着呢。"

我搂着妻子，回忆起了我小时候的一些故事。

记得那是我上小学三年级的时候，我们班里的男生和女生是很少说话的。那时候的生活条件不是太好，同学之间借书看、借几滴钢笔水、借橡皮、借几毛钱都是常有的事情，事情多了，矛盾也就多了，比如你把我的书弄脏了、你还欠我几滴钢笔水了、你该还我钱了……

结果呢，因为这些矛盾，我们班大部分同学相互间都不说话，出现了不团结的现象。我们班主任李老师很有办法，在自习课上，李老师让闹了矛盾的同学一个一个发言，把不说话的缘由说了个清楚。

李老师抑扬顿挫地说："同学们，你们还是孩子，我不给你们说太多的大道理，因为你们的成长贵在经历，经历多了，人也就成熟了。同学之间有矛盾就要去解决，每个人都爱面子，真正的爱面子是自强、自立、大度和包容，团结就是力量嘛。刚才同学们都说了闹矛盾不说话的原因，这样，我不要求你们现在就和解，给你们一天的时间，希望你们各自检讨，去找到自身的不足，看到别人的优点，我相信，我们班会成为一个团结、好学的优秀班级的。"

妻子听到这儿问道："那后来呢？"

我看着即将沉没的夕阳说道："后来呀，不到一天的时间，我们班不说话的同学都相互道了歉，无话不说了。"

妻子笑着说："想起咱们上学的那个年代，还是挺美好的。"

我和妻子进了家门，发现一对龙凤胎儿女各自待在自己的屋里，客厅静悄悄的，以往家里天天吵架、打闹、争宠的场景一下子不见了，我和妻子还真有点不习惯。

卧室里，我抚摸着妻子的长发说道："琳琳，儿女矛盾的和解任务就交给你了。"

妻子抬头看着我说："放心吧，对了，咱们一家下个周末一起到户外去野炊，怎么样？"

我满口答应了妻子，承诺要亲自教孩子们做饭。

年根儿

窗外飘起了雪花，雪越下越大，鹅毛一样的雪花饮醉酒似的在空中飘飘洒洒，安静地落在大地上。

我站在窗户旁，看着漫天飞舞的雪花，感叹道，腊月了，又到年根儿了，又该过年了。

年根儿的时候，大人都会感叹一句，过得真快呀，啥都没干呢，这一年又到头了。小孩都会盼望着过年，心里想着挣压岁钱、穿新衣服、吃好吃的。

年根儿了，有数钱的、有借钱的、有高兴的、有着急上火的，每个人各有各的心事，不管怎样，都是一个目的，都要送走年根儿，迎来新年，过好新年。

早春到仲夏，初秋至寒冬，暖热凉寒，过完四季，回味往昔，顿感时光飞逝，岁月无情。

我踏着田野里厚厚的积雪，漫无目的地走着，心里又想起了小时候的一些幸福往事。

小时候，到了年根儿，大人们就会赶集买年货，父母拿出平时积攒的钱，提着印着"北京"二字的黄提包，领着我去老家的镇上赶集，熙熙攘攘的人群里，叫卖声、议价声喧嚣一片。父母光是割肉、买油、买菜，就转了大半晌，母亲似乎看到我累了，就说找个地方吃点啥，歇一会儿，再给我们兄妹几个扯点做衣服的布料。

到了小吃摊前，母亲放好东西，向摊主买了水煎包和油条。父亲站在一旁吸着旱烟，母亲翻看着刚买下的年货，我让父亲、母亲吃水煎包和油条，他俩摇着头说："赶紧吃吧，我们都不饿。"

我心想，他们咋会不饿呢？于是，我站起身，抹着嘴说："吃饱了。"桌上还剩下几个包子和一根油条，父亲找来塑料袋，母亲装好包子和油条放进黄提包里，说："给你弟弟妹妹捎回去。"

我们又挤进了水泄不通的人群里，母亲拿着布料看了又看、问了又问，几经搞价，终于买好了布料。父亲也走过来了，手里拿着几本书，老远就问道："布扯好了吧，扯好了咱就回家吧。"

回家的路上，父亲和母亲各自背着黄提包走在前头，我边走边翻看着父亲给我买的儿童读物《向阳花》，母亲不时地扭头催促我跟上，说回家了再看。

马上就要过年了，院子里的石板上放着一台黄河牌收音机，收音机里传出来的家乡戏格外清脆、格外好听，父亲让把音量开大些，我说已是最大音量了。我和弟弟妹妹在院子里抓石子，母亲和父亲忙着打扫屋子，清扫厨房、翻拆火炕、拆洗被褥、剁饺子馅、炸丸子、蒸馒头，煮肉的时候喊上我们兄妹几个，一起啃骨头。

到了晚上，母亲坐在昏暗的煤油灯下，给我们做衣服。母亲左手拉着布料，右手转动缝纫机的转盘，两脚踏动缝纫机的踏板，旧缝纫机发出有节奏的"嗒嗒嗒、嗒嗒嗒"声，我们围在母亲身旁，心里期待着穿新衣服，看了一会儿，便去睡觉了。

我半夜起来撒尿，看到母亲还在忙活着给我们做衣服，我揉着惺忪的眼睛说："娘，您早点歇着吧。"

母亲起身给我披上衣服说："快披上，娘不瞌睡。"

第二天早上，我还睡在被窝里，母亲过来说："你们几个快起来，衣服做好了，快试试合身不。"

我们兄妹几个跑到母亲身旁，母亲把新衣服递给我们，我和弟弟、妹妹很快穿好，在母亲面前扭来扭去。母亲看着我们几个说："穿着怪合身的，先脱了吧，等过年的时候再穿。"

我们几个慢吞吞地脱掉新衣服，母亲对我说："我给你爷爷奶奶做了新衣服，你给送去吧。"

我去爷爷家送完衣服回到家里，看到母亲手里拿着烧热的熨斗在熨衣服，我问道："娘，你和我爹做新衣服了没？"

母亲扭头抚摸着我的头说："你爹和我的衣服都好着呢，用熨斗熨一下就和新的一样。"

我抬头看着母亲说："娘，等我长大了，挣钱给你俩天天买新衣服。"母亲微笑着点了点头。

爷爷领着我和弟弟上山砍松柏枝，说是要在大年三十晚上熬百岁。爷爷挥舞着砍刀，松枝很快落了一地，过了一会儿，爷爷累了，就坐在石头上，掏出旱烟袋，装上一锅旱烟片吸起来。爷爷边吸烟边对我和弟弟说："这树啊，树枝分杈了就要砍掉，这样，树就会越长越直溜，才会长成好材料。"

我点着头说："爷爷，树长直溜了会多卖钱，长歪了不值钱，是吗？"

爷爷应着说："是啊，树长直溜了值大价钱，歪脖树就不值钱了。"

晌午了，爷爷用绳子捆好砍好的松枝，背起来往家走，我和弟弟跟在爷爷后面，跳来跳去。

回到家里，父亲叫上我和他一起写春联。父亲是村小学的一名教师，我的印象中，父亲的毛笔字写得是好看。父亲把他写在纸上的春联内容递给我，让我看着写，不一会儿，来我家找父亲写春联的人越来越多，父亲和母亲很热情地递烟递水，招待着他们。

我和父亲各写各的，父老乡亲的夸赞声、感谢声包围着我们，一直写到天黑，才算完工。

晚上，父亲问我假期作业做完了没有，我大声说早就做完了，父亲站起身对我们兄妹几个说："你过完年就该上二年级了，你弟弟该入学上一年级了，你们要好好学习，你要为弟弟妹妹做个好榜样，好好上学了，将来才会有出息。"

我们兄妹几个点着头，答应着。

时间飞逝，转眼间，十多年过去了，我们兄妹几个都长大了，先后结婚成了家。每到年根儿，母亲依然要炸很多豆面丸子、肉丸子和红烧豆腐，过完年后，把丸子和红烧豆腐装进一个个塑料袋里，分给我们姊妹几个。

村民热情的招呼声打断了我的回忆，我踏着雪往前走着。生活在大城市里的我们，生活境况比过去好了太多太多，却感到过年的年味儿越来越淡，唯有儿时的岁月经历，让我挥之不去，记忆犹新。

榜上无名，脚下有路

一年一度的高考结束了，让人欢喜让人忧的日子来了，有拿到名校录取通知书的，有名落孙山的。

落榜的人会伤心、会落泪、会迷茫，有的甚至会丧失了生活下去的勇气，我想说："条条大路通罗马。""三百六十行，行行出状元。"

我出生在20世纪70年代一个贫穷偏远的小山村，父亲是个民办教师，一个月几十元的工资，家里拮据，母亲平时靠装石子车、掐麦条辫、卖鸡蛋的微薄收入贴补家用。我从小就深知上学的重要性，学习很努力，中学时，我就在刊物上发表了文章，语文成绩特别优秀，只是数理化的成绩一塌糊涂，怎么也提不上去。

高考落榜了，没有上大学成了我今生最大的遗憾。

老天对谁从来都是公平的，当他对你关了一扇门，肯定会在某个角落里给你留下一扇窗。

在父亲的鼓励下，我报名参了军，独自一人到了一个陌生的城市，开始了自己的军旅生涯。部队先后送我到当地日报社、电视台进行学习，我非常珍惜来之不易的学习机会，为了买更多的书来阅读，我一天吃两顿饭，报社宿舍紧张，我就在办公室打地铺睡觉。两年多的时间，我凭着自己的努力和坚持，写作能力得到了非常大的提升，先后在国家级、省市级各大刊物发表文章几百篇，拍摄的纪录片得到了老师们的认可。

我趁业余时间报考了自学考试，先后取得了大专、本科学历，后来又到影视院校进行了培训学习，自己的专业水平得到了进一步提高，自编、自导拍了数部公益影视作品，得到了社会各界人士的好评。

从部队转业回到地方，直接进了报社当编辑，后来又调到电视台当了领导干部，先后出版了自己的小说集和散文集。

一张试卷，也许能改变人生的进程，却改变不了人生的方向。一张大学通知书，不是进入天堂的门票，睿智的人、努力的人会在大学里继续奋斗，会在大学期间努力成就自己，向自己的奋斗目标一步一步地靠近，有的人以为进了大学就成功了，只是混日子，漫无目的地放纵自己，荒废了几年的大好青春。当今的时代洪流里，单凭一张文凭，没有真才实学，没有过硬的专业技术，没有努力持久的上进精神，终究会被社会淘汰。

俗话说："三百六十行，行行出状元。"落榜的你可以去当兵，可以选择职业院校，学一门精湛的专业技能，同样可以圆你心中的梦想，实现你的理想和人生价值。事实上，一些低学历，甚至没学历的人，却对人类、对社会做出了重大的贡献。鲁迅、齐白石都没有什么高学历，却经过不懈的努力，都成了一代名人；蔡祖泉小学三年级学历，十四岁进工厂吹玻璃瓶，通过自身努力拼搏，最终担任复旦大学副校长、复旦大学电光源研究所所长；爱迪生上了三个月小学，一生的创造发明无数，成为著名的发明家；叶奕绳，明末清初文学家，他生性迟钝，记忆力极差，读起书来往往如过眼烟云，前读后忘，但通过刻苦努力，他成了文学家，还创造了"约取、实得"的读书方法；华罗庚小时候记忆力差、反应慢，一直延续到高中，后来，通过不懈的努力，终于成为优秀的数学家；高尔基小学三年级学历，经过自己的努力，最终成为伟大的文学家、杰出的社会活动家，创作出了《海燕》《母亲》《童年》《在人间》《我的大学》等优秀文学作品。这些励志的人和事太多了，举不胜举。

人只要树立正确的三观，心中有理想、有目标，经过自身的努力和奋斗，总有一天，阳光会照在你的身上，鲜花和掌声迟早会来到你的身边。

　　"山高有度，脚走无涯"，只要努力、持之以恒，总有一天，蜗牛也能到达大山之巅。只要我们足够努力和坚持，同样也能站在人生的最高峰，此时，有谁会在意你曾经是个高考的失败者呢？

　　时间不等人，岁月不停脚，让我们振作起来，不为一时的失败、挫折而失落、而沮丧、而止步。结合自身的优劣势，给自己定位，选准目标，相信自己，努力坚持，在平凡的生活里，保持谦卑和努力的作风，总有一天，你会站在人生的巅峰，活成你曾经非常渴望的人生模样。

有伤疤的女人

快过年了，向阳村"模范夫妻"评比表彰马上就要开始了，村子里的小礼堂里坐满了人，主席台上坐着村领导，村里的金山和云萍夫妇被评为了向阳村"模范夫妻"。

在众人热烈的掌声下，二人走上舞台，金山红着脸向台下、台上鞠着躬说："谢谢大家，我没啥说的。"

村妇女主任翠花站起来说道："大家静静，大家要学习他们夫妻俩，这样吧，就让云萍说说他们夫妻俩的故事，大家鼓掌欢迎。"

小礼堂里掌声热烈。云萍顿了顿嗓子，道起了夫妻俩的一些往事。

20世纪70年代的农忙时节，云萍和姐姐云谷挎着篮子拾完麦穗，高高兴兴地走在回家的山路上，山间五颜六色的鲜花飘着花香，鸟儿和知了在尽情地欢唱。

忽然，云萍的脚下一滑，摔倒在一块石头上，脸上顿时流出了鲜血，姐姐云谷吓坏了，丢下篮子抱着妹妹云萍往家赶。村里赤脚医生细心地给云萍的脸做了消炎处理，一个月过去了，云萍左边脸上留下了一块伤疤。云萍从小就是个善解人意的姑娘，当父母叹惜和姐姐云谷自责的时候，云萍劝他们不要伤感，背地里一个人偷偷地抹眼泪。

云萍上学的时候，学生给她起绰号，议论她脸上的伤疤，云萍的同桌金山就会站起来回怼他们，云萍心里非常感激金山。

中考的时候，云萍以优异的成绩考上了师范学院，全家人高兴了好一阵子。

云萍毕业后在家乡一所中学当老师，金山当了几年兵退伍回来，在家乡承包水库养起了鱼。金山为了养好鱼，吃住在水库的草庵里，起早贪黑，学习琢磨养鱼的技巧。

一天，金山骑着自行车到学校找云萍，老同学见面寒暄了几句，金山低着头、红着脸递给云萍一张叠着的字条，头也不回就快步走开了。云萍回屋打开字条，金山说有事，约她在村水库边见面，不见不散。

夕阳西下，天空一片通红，依水的青山轮廓清晰地勾勒出来，水库的河面上金光闪闪。

金山和云萍漫步在水库边，金山停住脚步，看着云萍说："云萍，我打听了，你还没对象。"

云萍红着脸说："怎么，你要给我介绍对象呀？"

金山低声说："云萍，上学那会儿我就喜欢你，怕你看不上我。"

云萍沉默了一会儿说："金山，我这辈子不想结婚了。"

金山有些吃惊，没有说话，两人静静地往前走去。

几天后，金山又到学校找到了云萍，把一万块钱递给云萍说："你拿着，这是我养鱼挣的钱，你给学校请个假，我领你去大医院，我已经联系好医院了。"

云萍把钱塞给金山说："你是嫌弃我脸上有伤疤吗？我就是医治，也不会用你的钱。"

金山急得脸红脖子粗，说："谁嫌弃你了，我战友问了他爸，他爸是整形医生，说现在能做手术，这钱算是我借给你的。云萍，你怎么就不理解我呢？反正，我这辈子就黏上你了，非你不娶！"

云萍低下头沉默着，俩人都沉默了，屋里落下一根针都能听到响声。

一年后，金山和云萍终于结婚了。

金山对云萍很宠爱，云萍非常支持金山的养殖业，夫妻俩成双出门、成对回家，几年后，云萍当上了她母校的小学校长，金山的养殖业搞得风生水起，家里还添了一对龙凤胎儿女，小日子过得红红火火。

金山夫妻俩和邻里关系处得很和睦，村上不管是谁家有困难了，金山都会第一个伸出援助之手，还带领困难村民学养殖、开农家乐，云萍光是资助的贫困学生就有十多个，学生都叫她"漂亮妈妈"。

金山当上村支部书记后，带领剩余劳力搞山体绿化，种植大棚蔬菜，开垦果蔬基地，蔬菜和瓜果卖到了几个省，还出口到了国外，村民年收入翻了几番。

台上云萍说到这儿，台下响起热烈的掌声。云萍鞠着躬又说道："我和金山都是平凡的人，感谢父老乡亲评选我俩为'模范夫妻'，向阳村就是咱们的家，祝咱们的这个大家庭更强大、更富有！我没啥说了，谢谢大家。"

台下又一次响起了热烈的掌声。

漂　泊

做自己喜欢的事，离开家乡，离开父母，到了陌生的城市，在外漂泊。

抬头看着无边无际的夜空，群星闪耀，凝望满天星光，沉思默想，不知哪一颗是等我的目光；凝望山下的万家灯火，黯然神伤，不知道哪一盏灯火是为我而点亮。淡淡的忧伤涌上心头。凉凉的秋风刮了过来，是要下一场秋雨吗？没有伞的我，不害怕下雨，趁着雨水的降临洗个头、搓个澡，除去满身的尘垢，洗去身心的疲惫。我不想回家，因为自己租住的单间屋子没有淋浴，洗不成澡。

人一辈子，免不了会阴差阳错地爱过一些人，与一个爱或不爱的人，最终落地开了花结了果，事不如愿，最终还是分道扬镳、各奔西东。

人一辈子，为了生活，为了做喜欢之事，总会走过一些地方，心甘情愿地做一棵无根的小草，挣扎于红尘之中。

岁月的双手牵引着我在茫茫人海里四处漂泊，年复一年，我早已习惯了流浪、漂泊的生活。漂泊也许才是我的人生，可嘴里还会经常说着"人在哪儿家就在哪儿"这句安慰自己的话。

虚幻的世界，灿烂的阳光，我就像天空流动的云，不知道来自哪里，不知道要漂泊何方。

夜半的美梦带我回到了久别的故乡，梦到我家乡对面的大山脚下，八九岁的我牵着老黄牛绕过村边的小溪，来到山坡上，丢开牛缰绳，自由的老黄牛伸出舌头，一卷一拽地把青草放进嘴里；我躺在山坡上，草帽盖在脸上，倾听黄牛唰唰的吃草声和鸟儿叽喳的鸣叫声；梦到我穿着翠绿的新军装，戴着大红花参军的情景；梦到我转业参加工作、谈恋爱的情景；梦到我在亲人的祝福声中结婚的情景；梦到我辞去工作创业当老板的情景；梦到我创业失败和落魄时，父母心疼我、担心我的情景；梦到我背井离乡，漂泊异乡受委屈的情景；梦到我……

梦中醒来，天还没有亮，坐到床头，点燃一支烟，浓烈的思乡情燃烧着我的心房，我已是满怀的疲惫，满眼是酸楚的泪，异乡的风吹不凉我燥热的身子，异乡的云飘不走我心中的忧伤。只有故乡的风和故乡的云，才会抚平我心中的创伤……

家乡美

几十年的军旅生活，成长感、收获感、幸福感满满的，"铁打的营盘流水的兵"，在"送战友，踏征程，默默无语两眼泪，耳边响起驼铃声，路漫漫雾蒙蒙，革命生涯常分手，一样分别两样情，战友啊战友，亲爱的弟兄，当心夜半北风寒，一路多保重……"的歌声中，我离开战友，离开部队，转业退伍了，百感交集地踏上了回归家乡的列车。

列车疾驰在戈壁滩上，望着车窗外快速倒移的风景，我心里想起了我的家乡。

我的家乡是个不大的小山村，一条小河依山从村前流过。到了春天，河岸坡上就会开遍五颜六色的鲜花，一朵连一朵，一片又一片，在绿色的草丛中煞是好看。鸟儿、知了、蛐蛐肆无忌惮地歌唱，蜜蜂和蝴蝶尽情地飞舞。

记得我八九岁的时候，到了星期天，背着母亲给我缝制的花布书包，到家对面的山坡上放牛，家里的老黄牛农忙时很辛苦，拉犁耕地，拉车运粪，都是它的活，农闲了，老黄牛才会歇息。我牵着健硕的老黄牛走到山坡上，把绳子解开，抚摸着老黄牛的头说："老黄牛，看山坡上到处都是青草，你尽情地去吃吧，我要写作业了，你可不要跑远啊。"

老黄牛像是听懂了我的话，两只大眼睛友善地打量了我一会儿，低下头，伸出舌头，一舔一卷，青草就到了嘴里，然后就慢条斯理地咀嚼起来。我趴在一块平整的山石上写作业。

　　夕阳的余晖依然热情地普照着大地，老黄牛吃饱了抬头看着我，我背起书包，戴上草帽，牵着牛哼着歌向家走去。

　　村子里忙碌了一天的人们回到家里，把农具挂在墙上，伸展着发酸的腰，嘴里发出"嗯嗯啊啊"声，打上一盆清凉的河水洗一把脸，光着背用毛巾抹个澡，坐在家里院子的黄土地上，摇着芭蕉扇，等着粗茶淡饭。

　　时间过得很快，我读中学了。家离学校有二三公里远，早上五点起来，母亲早已做好饭，印象最深的是蒸红薯和熬稀饭。我从锅里拿上两个热红薯就要走，母亲让我喝碗稀饭再走，我说不喝了，快迟到了，急急出门，喊上村里的同学，向学校走去。下雨天上学，走在泥泞的土路上，一双鞋里灌满了黄泥水，刚换的白袜子成了泥袜子，心情一下子就坏了很多，心里想，唉，啥时候村子里的路能铺成柏油路就好了。

　　中学的学习结束了，我高考落榜了。在父亲的鼓励下，我报名参了军，多年的军旅生涯，练就了我坚强的意志和执行力，一步步走向干部岗位，业余时间加班加点阅读、写作、编剧、拍片子，最终，我踏入了专业作家、编剧这一领域。在国家级、省市级发表文章几百篇，自编、自导的影视作品获得了多项荣誉。

　　我在部队服役期间，家乡也在慢慢地发生着变化。我每次探亲回家，看到家里添上了电视机、电话，村里的主干道修成了柏油路，村上还新建了石子厂和化工厂，生活的水平比以前好了许多，心里甜甜的。

　　几年转眼又过去了，家乡又有些啥变化呢？此时的我是归心似箭。一路的颠簸，我背着行囊终于踏上了故土，回到了日思夜想的家乡，公共汽车一直通到村口，司机和车上的乡亲告诉我，公交车开通很长时间了，我连声说着："好、好、好哇。"

　　我下了车发现，记忆里弯弯的柏油马路已被宽阔的水泥路替代，路两旁栽满了高大挺拔的白杨树，村子里是一幢幢整齐的两层小别墅。村子里的黄土地面都变成了水泥地面，村道两旁栽满了叫不上名的观赏树，一个个花坛里青枝绿叶、姹紫嫣红。村子里废弃的公共打麦场改建成了村民活动小广场，摆着各种健身器材，正面有一个露天小剧院。我惊喜地走着、看着，心里感叹着，家乡变化可真是太大了。

父母和亲人早已在家门口等着我，我激动地向父母问好。回到家里，我一下子愣住了，说道："咱家变化太大了吧，我这才两年没回来，差点误以为是走错门了呢！"

我顾不上路途劳累，跟着父母从一楼看到二楼，院里、院外转了个遍。父亲对我说："大前年，村里就开始规划改建，家家都住上了楼房，架了自来水管，旱厕改成了和城里一样的冲水厕所。"

走着看着，我脱口说道："我一会儿洗个澡。"

我站在花洒下面，舒服地搓着热水澡，心里很高兴，老家终于能洗热水澡了。

黎明时分，我一个人走出家门，漫步在村子里。通往村村户户的水泥路很是干净。走在水泥路上，我想起了以前的黄土石子路，在烈日的烘烤下，一阵风吹起，尘土飞扬，车辆经过，让人不辨方向，下雨天，泥泞难走，泥水灌满鞋子，如今好了，再也不用跑着躲车防尘了，再也不怕泥水弄湿鞋子了。

我来到村里的健身小广场，在健身器械上运动了一会儿，向村子里走去，映入眼帘的是向阳村超市。进了超市，几个村民在挑选蔬菜、购买东西，胖婶热情和我打招呼，我笑着说："您开门这么早。"

胖婶回应道："大家伙一大早要买菜做饭，我呀，不会睡懒觉，习惯了。"

告别胖婶，走出超市，我向村子附近的山里走去。来到山脚下，依山的河水哗哗啦啦地流淌着，河两岸用青石砌得整整齐齐，斜坡上笔直的树木像卫士一样挺拔地矗立着，河上架起了一座石拱桥，"向阳桥"三个大字格外引人注目。站在桥上，向山上望去，一条蜿蜒的石梯盘旋在翠绿的大山里，石梯两边环绕着安全链。我顺着石梯向山上走去，终于登上山顶了。坐在凉亭里，向下望去，向阳村的景象一览无余，太美了，一块块绿油油的庄稼、一块块种着不同颜色水果的果园、一排排白墙红瓦的楼房，是那么的整齐，是那么的好看。

我下了山，想去我上中学时暑假干活的石子厂、石灰厂看看，想找些儿时推石子、运石头的记忆。到了地方，眼前的景象早已物是人非了，石子厂和石灰厂没了踪影，变成了绿油油的农作物，我想是环境治理的需要吧。

回家吃过早饭，我拿着土特产便开始串门，走进了石头爷家。石头爷教了一辈子的书，很有文化，八十多岁了，看见我来，收回手机，摘掉眼镜，给我让座，我问道："石头爷，您老都好吧？"

石头爷接过我带给他的礼物说："好着呢，好着呢，德华，我这是赶上好时代了。你当兵在外，你可不知道，咱们村的变化那可是日新月异呀，楼上楼下通电话、自来水，空气新鲜，就连种庄稼也都用上了机械化。"

我看着开心的石头爷，心里暖暖的。

石头爷又说道："我呀，没啥事，就每天学着拍些村里的人和景致，发到网上，你看，点赞的还不少呢，你有空再教教我，有些东西我还搞不懂。"

我高兴地点头应着。

告别石头爷，我走进了二叔的家里，院子里的鸡、鸭、鹅奏响了农家乐的旋律，趴在地上的小黄狗站起来看着我，尾巴摆动个不停。这时，二婶从屋子里走出来，惊喜地说道："快坐，你从部队转业回来了，咱有几年都没见了。"

二婶端出来两盘黄澄澄的杏子说："来，尝尝，这是我们家杏园里摘的。"

我拿了一个黄澄澄的杏子放进嘴里，香甜微酸的杏味直沁心脾，连声说着"好吃，好吃"。

我问道："婶，我二叔呢？"

"他呀，一大早就到杏园给人发货去了。"二婶说着，眉宇间洋溢着喜气。

在村子里串门了一天，我心里很高兴，老百姓现在的生活水平发生了翻天覆地的变化。在和父老乡亲们的交谈中，我看到了他们开心的笑容，看到了他们的收获感，看到了他们的幸福感，看到了他们的喜悦感……

傍晚，村子里要放电影了，我早早坐在村里的露天剧院候着，儿时跟着大人跑十几里地看电影的情景闪现在我的眼前。那时候家里没有电视，人们只能通过广播、收音机去排遣无聊时光，或是聚在一起说些八仙过海、呼延庆打擂、水浒、三国故事什么的。

不一会儿，村里的父老乡亲坐满了露天剧院，大家静静地观看着电影。我观看电影的时候心潮澎湃，家乡正在改变，家乡的人也在改变，我为家乡的改变、家乡的美而感到自豪。

作为一名转业军人，我有义务、有责任在新的工作岗位上，严于律己，发奋工作，发挥专长，为家乡的建设、为家乡的美而出策出力。